KB237029

현대시 분석 방법론

현대시 분석 방법론

박종석

도서출판 역락

시 분석을 시도하려면 어떤 작품을 선정할 것인가를 고민하게 된다. 그래서 시 분석을 위해 텍스트를 선정한다는 것이 비평(졸저, 『비평과 삶의 감각』, 2004)이라고 필자는 생각해 왔다. 물론 유명 작가의 작품을 선택해서 분석한다면 큰 무리는 없겠지만 자신의 비평이 빛을 잃게 될 확률이 높다. 왜냐하면 기존 논자들이 평가를 내렸기 때문에 작품 분석의 재탕 내지는 삼탕의 우려가 있다. 그렇다고 해서 신인의 작품을 평가한다는 것은 작품성과 함께 지속적으로 작가 정신을 담보로 해야 하는 위험성이 내포되어 있기 때문에 결코 쉬운 일은 아니다.

이런 저런 이유로 해서 시 분석을 할 때, 비평가가 나름의 연구를 해야 하는 것이 현실이다. 그래서 작품성보다는 비평가의 감상 내지는 해설이 앞서는 경우가 많다. 이 때문에 작품 분석이 오히려 작품성을 해친다는 이야기가 종종 들린다. 필자는 시 분석을 하면서 좀 더 체계적이고 이론적인 토대로 쉽게 접근할 수 있는 방법이 없는지 고민했었다. 그래서 필자는 시 분석을 위해 텍스트의 선정 방법과 이에 대한 분석의 이론을 모색하고자 했다. 또 이론의 접목을 통한 실제 작품 분석을 위한 입문서가 필요하리라 생각한 것이다. 물론 이 졸저가 모든 시 작품을 분석할 수 있다는 전제에서 씌어진 것은 아니다. 다만 시 분석에 필요한 기본적인 방법을 검토하고자 했다. 이 졸저 외에 더 가치 있는 시 분석 이론서가 있음을 부인할 수 없다. 그러나 이들 참고 도서들은 시 분석 이론을 공부하는데 후학들의 어려움이 많다는 것을 알았다. 왜냐하면 이론서는 이론의 독자성이 강하기 때문에 시 분석과는 거리가 있다. 그래서 시를 해석하려는 비평가들이나 시를 좀 더 풍부하게 읽으려는 독자들에게도 도움이 될 이론서나 참고 도서가 있어야겠다는 생각을 했다. 필자는 시를 대하는 독자나 연구자들에게 실제 분석의 이론과 접목을 보여 줄 수 있는 이론서가 필요하다는 사실을 절실히 깨달았다. 그래서 필자는 이 졸저를 인쇄한 것이다.

이 졸저의 체제는 다음과 같다.

제1장은 실제 작품 분석에 필요한 시 분석 대상의 선정 방법과 이론의 탐색 과정을 검토하였다.

제2장은 기존 시 분석 방법론을 검토하였다.

제3장은 실제 분석의 틀을 모색하면서 실제 작품을 분석하여 제시하였다.

제4장은 현대시 분석에서 문제시되는 쟁점을 실제 작품 분석을 통해서 제시하고, 이를 해결하는 한 방법을 제시하였다.

문학 연구에 많은 시간을 할애했지만 그에 비례해서 좋은 연구나 이론서를 내놓지 못해 항상 마음이 답답하다. 그럼에도 불구하고 한국비평문학사의 한 줄을 기술하겠다는 열정으로 이 졸저를 출판한다.

2005년, 울산 <無鄕山房>에서

차 례

제 1 장

텍 스 트 선 정

▮제1장▮ 텍스트 선정

1. 텍스트 선정 방법

시 분석을 위해 텍스트를 선정하는 것은 상당히 곤혹스러운 문제다. 왜냐하면 그 엄청난 시인들의 시작을 일일이 검토하여 분석해야 하기 때문이다.[1] 뿐만 아니라 시 분석의 대상 선정과 분석 결과에 따른 여러 가지 부수적인 문제가 따른다. 이를 몇 가지로 정리해 보면 다음과 같다.

    ① 선정한 작품에 따라 분석 방법론이 각기 달라 어려움이 있다.
    ② 분석 방법론에 따른 작품의 평가의 객관성이 확보되어야 한다.
    ③ 작가 선택과 작품 선택 가운데 무엇을 우선으로 할 것인가? 작가 선택은 이미 문학적 평가를 받았을 확률이 높기 때문에 쉽게 선정할 수 있지만, 신인의 경우는 여러 가지를 고려해야 한다.

---

[1] 이호철에 따르면, 현재 문인 수가 ≪문인협회≫ 회원을 기준으로 보아도 5천여 명이 넘는다고 한다(이호철, 『이호철의 쓴소리』, 우리교육, 2004, 27쪽).

④ 중앙 문단의 주도적인 영향력으로 지방 문단에 대한 평가를 소
   홀히 할 수 있지 않는가?
⑤ 중앙 문단에서 주목받은 작가라 할지라도 반드시 작품성이 있
   다고 볼 수 있는가?
⑥ 지방 문단에서 노력한 작가를 평가할 때 이를 수용할 문단이
   형성되었는가?

이 외에도 많은 문제점이 있음에도 불구하고 현실적으로는 시 분
석을 위한 텍스트를 선정하는 방법 몇 가지에 의존할 수밖에 없다.
그 몇 가지 방법은 다음과 같이 정리할 수 있다.

가) 생존 여부의 문인

① 작고 문인의 경우 : 기존 문학사의 평가를 참고하거나 발굴.
② 생존 문인의 경우 : 문학상을 받았거나 활발한 작품 활동을 참고.

· 나) 중앙 문인과 지방 문인(거주지 활동)

③ 중앙 문인의 경우 : 중앙 잡지를 통해서 익히 알고 있는(알려진)
                  시인들의 작품.
④ 지방 문인의 경우 : 각 지방마다 문학 잡지(혹은 종합 잡지)를
                  통해 활동하는 시인들의 작품.

다) 개별 문인과 동인지 문인

⑤ 개별적으로 작품 활동을 하거나 시집을 출판하는 경우.
⑥ 동인 중심의 활동.

라) 작가(작품론) 출판 총서

⑦ 출판사에서 중요 작가를 정리하여 출판한 전집류.

위와 같은 네 가지 방법으로 시 분석 텍스트를 선정할 수 있다. 먼저 작품 활동 중심보다 문학사적 평가 기준에 따라 시 분석 대상이 달라진다. 한국문학사에서 연구 논자의 관점에 따라 제외되거나 소외될 수 있는 작가들이 있다. 이는 한국문학사의 논자들의 선택에 종속되는 연구가 될 수밖에 없다. 따라서 문학사 밖에 있는 시인에 대한 발굴도 고려해야 한다. 이때 연구자는 작품 중심의 분석이 우선이라는 사실을 명심해야 한다. 또 기존 문학사 평가라 하더라도 양극단의 평가가 이루어질 수 있다는 점에서 이를 고려해야 한다. 작고 문인의 경우는 이미 문학사에서 정리되었기 때문에 새로운 각도나 심도 있는 논의를 위해 평가의 대상이 된다.[2] 물론 연구자의 접근 방식이 다르기 때문에 이 또한 고려의 대상이다.

그리고 생존 문인인 경우는 활발한 활동을 하거나 문단의 주목받는 경우는 선정의 가능성이 높다.[3] 현재 ≪한국문인협회≫나 ≪한

---

[2] 작고 문인의 경우 대체로 참고할 만한 문학사 혹은 비평사는 다음과 같다.

권영민, 『한국현대문학사(1945~1990)』, 민음사, 1993.

김 현 / 김윤식, 『한국문학사』, 민음사, 1973.

김윤식, 『한국현대문학사』, 일지사, 1994.

조동일, 『한국문학통사』(제4판, 1~5), 지식산업사, 2005.

[3] 1925년 ≪동아일보≫에 의해 시작된 신춘문예는 일제시대, 억압된 우리의 말과 글을 지키고 우리의 사상과 감정을 표출하는 창구의 역할을 해왔고, 해방 이후 문학을 동경하는 많은 이들의 열망과 함께 한국문학의 중심축으로 자리 잡아왔다. 신춘문예는 70여 년간 신진 문인들의 등용문으로서 현대 한국문학의 발전에 이바지해 왔으며, 현재 문단 인구 3분의 1에 가까운 숫자의 문인들을 배출해 냈다. 새해 첫 대규모 문학행사라는 자체의 축제성, 문학 지망생에 대한 창작의욕 고취, 문학교육적 성격과 신인등용문으로서, 국내 문학작가들의 중요한 등단 제도로서 정착했다.

임원식은 신춘문예의 문제점을 다음과 같이 비판했다. 첫째, 제도적 차원의 문제이다. 심사위원에 관한 비판이 가장 많은데, 심사위원의 중복 선정, 심사위원의 긴 재임 기간, 짧은 심사 일정, 당선자에 대한 배려가 없는 일회성 행

국시인협회≫에 등록된 문인만 보더라도 그 수가 많다는 것을 알 수 있다. 이들 모두를 연구 대상으로 삼을 수는 있지만 대상 선정에 있이 어떤 기준은 필요하다. 기준 가운데 하나는 문단에서 활발한 활동을 한 문인을 들 수 있다. 문단의 주목을 단적으로 확인할 수 있는 계기는 문학상을 받은 작가의 작품이다.[4] 한 사람의 문인이 <문학상>을 받는다는 것은 그의 작품세계가 문학의 역사 속에서 준거점－문학사의 유효한 참고점－으로 기능하게 될 가능성이 높기 때문에 연구 대상이 되는 것이다.[5] 국내의 문학상은 약 400여 종이나 된다고 한다. 그럴 경우 해마다 약 400여 명의 문인들이 상을 받는다. 이 상 가운데 시 작품과 관련한 상도 절반 정도에 해당된다. 상을 받은 문인을 대상으로 삼는다면, 연구 대상이 엄청나다

사라는 점 등이 지적된다. 둘째, 문학적 차원의 문제로 작품의 수준에 관한 것이다. 신춘문예에 당선된 작품이 심사위원의 작품 경향과 비슷하여, 보수적이고 획일화되는 문제점이 지적된다. 셋째, 문학의 제도화 차원의 문제로 신춘문예를 통한 문단권력의 재생산과 언론사와 심사위원 간의 유착, 신춘문예에 대한 언론사의 무정체성 등을 지적하지 않을 수 없다. 이러한 비판을 바탕으로 신춘문예의 완전한 폐지를 통해 등단 제도를 혁신하자는 의견과 신춘문예가 오랜 역사성과 높은 지명도, 축제성을 가진 한국만의 독특한 등단 제도이므로 시대에 맞게 제도적 보완을 통해 바꾸어가자는 주장이 전개되고 있다(임원식, 『신춘문예의 문단사적 연구』, 국학자료원, 2003, 2~4쪽).

4) 기성문인들의 문학적 업적에 대한 공적인 승인과 창작욕구의 자극을 위해 시행되는 문학상이 있다. <이상문학상>, <현대문학상>, <동인문학상> 등이 그것이다. 이러한 문학상은 오래된 연륜을 가진 문학상이기에, 이 문학상의 수상작가들은 즉각적으로 우리 문학의 현수준을 보여주는 나침반으로 기능한다고 보아도 과언이 아니다. 문제는 90년대의 공간에서 이러한 종류의 문학상 역시 상업주의와의 타협이라는 부정적 현실을 적나라하게 보여주고 있다는 것이다. 문예지에 발표된 단편 소설을 시상 대상으로 하고 수상작과 추천 우수작을 단행본으로 엮어 작품집을 내는 관행은 1977년 <이상문학상>을 계기로 일반화된 방식이다(이명원, 「'등단제도'와 '문학상' 논쟁 : 문인됨의 자격과 권위의 가치 하락」, 『파문』, 새움, 2003, 205쪽).

5) 이명원, 앞의 책, 201쪽.

는 사실을 알 수 있다. 숫적으로 많다는 문제뿐만 아니라 문학상이 가지는 개별 작가의 작품성을 어느 정도까지 신뢰하느냐도 문제가 아닐 수 없다. 또한 문학상 수상이 인적 관계 속에서 주례사 비평과 함께 수상하는 경우까지 생각해야 한다. 그러나 이 모든 상황까지를 알 수 없으니 참으로 답답한 노릇이다(지역 비평가 혹은 문단의 흐름을 알지 못하는 연구자나 독자의 경우가 더욱 그렇다). 또 한 가지 문제점은 평가가 공정하지 못하거나 표절 시비가 휘말린 경우를 고려해야 한다. 따라서 비평가는 위와 같은 상황을 고려하는 나름의 시 분석의 안목을 갖추지 않으면 안 된다.

생존 문인의 경우는 문학상에 근거하는 것도 한 이유가 된다. 왜냐하면 기존 문학상의 권위에 걸맞는 작가들이 그의 작품성을 보여 주었기 때문이다. 가령 한국의 대표적인 문학상의 경우,『현대문학상』,『소월시문학상』,『동인문학상』,『21세기문학상』,『이상문학상』,『오늘의 작가상』,『김수영문학상』,『벨문학상』 등이 있다. ≪문학사상사≫가 주관하는『소월시문학상』을 수상한 시인과 작품을 보면, 오세영의「그릇」외 몇 작품(87), 송수권의「우리 나라의 숲과 새들」외 몇 작품(88), 정호승의「임진강에서」외 몇 작품(89), 이성복의「숨길 수 없는 노래」외 몇 작품(90), 김승희의「떠도는 환유」외 몇 작품(91), 조정권의「산정묘지」외 몇 작품(92), 김명인의「화엄에 오르다」외 몇 작품(93), 황지우의「뼈아픈 후회」외 몇 작품(94), 임영조의「고도를 위하여」외 몇 작품(95), 천양희의「단추를 채우며」외 몇 작품(96), 문정희의「키 큰 남자를 보면」외 몇 작품(97), 김용택의「사람들은 왜 모를까」외 몇 작품(98), 안도현의「고래를 기다리며」외 몇 작품(99), 김정란의「사랑으로 나는」외 몇 작품(2000), 김혜순의 「잘 익은 사과」 외 몇 작품(2001), 고재종의 「백련사 동백숲 길에서」 외 몇 작품(2002), 이문제의 「지구의 가을」 외 몇 작품(2003), 정일근의 「둥근, 어머니의 두레밥상」 외 몇 작품(2004), 박정대의 「아무르 강가에서」 외 몇 작품(2005) 등이다. 이들 작가의 역량이나 작품성이 이 상의 위상이자, 연구 대상 선정의 한 축이 되는 이유이다.

그러나 이러한 문학상이 가지는 근본적인 문제를 고려한다면 문학상의 작품이 반드시 연구의 대상이 되는 것은 아니다. 문학상이 가진 문제점들을 지적한 한 평자의 말에 귀를 기울일 필요가 있다.

> 문학에 대한 평가의 가장 극단적인 경우는 문학상 제도이다. 그런데 부차적인 이 제도가 제 기능을 다하지 못함으로써 왕왕 문학 자체의 의미와 가치에 변질을 가져오기도 한다. 특히 이런 부정적인 현상은 90년대 들어 두드러졌다. 많은 경우 문학상 운영의 주체가 그들이기 때문이다. 물론 출판사들이 꾸려나가는 문학상 제도 자체를 비난할 수는 없다. 운용의 묘만 발휘한다면 얼마든지 긍정적인 역할을 떠맡을 수 있기 때문이다. …중략… 하지만 현실은 그러한 경우가 보편적이 아님을 보여주고 있다. 개별 출판사의 상업적 전략과 맞물려 수상작이 선정된다는 풍문이 떠돈 지는 이미 오래되었고, 그것이 단순한 풍문이 아니라는 사실은 여러 면에서 입증된다.
>
> 박철화, 「문학 제도로서의 문학상 : 문학인을 위한 축제」, 『우리 문학에 대한 질문』, 생각의 나무, 2002, 201~202쪽.

위의 평자는 "짧은 심사기간 동안 충분한 독서가 이루어질 수 없을 것이라는 의문까지 더해지면, 상의 문학적 권위는 그다지 존중

받을 만한 것이 되지 못한다."[6]고 한다. 이러한 점을 고려해서 텍스트를 선정해야 할 것이다.

또 작가가 활발한 활동을 한다는 점에서 중앙 문인의 경우가 선정 대상에서 유리하다는 사실을 숨길 수 없다. 물론 지방에서 작품 활동을 소홀히 한다는 의미는 아니다. 다만 발표 지면의 부족으로 작품성을 평가받지 못하는 원인이 될 수 있다는 사실을 염두에 두어야 한다. 또한 잡지 생산과 유통이라는 측면에서 보더라도 중앙과 지방의 시장의 규모가 다르다. 텍스트 선정의 기준은 작품성만을 중요시한다는 점에서 지방 문인에 대한 꼼꼼한 주의를 요한다.[7] 중앙 문단과 지방 문단의 변화를 짚었던 이호철의 생각을 여기에 옮겨 보겠다. 그리하여 중앙과 지방 문단의 흐름과 동시에 몇 가지 반성할 점을 찾아볼 수 있을 것이다.

기성 문단이란 무엇인가? 중앙 문단이다. 중앙 문단이란 무엇인가?
서울 중심의 문학 저널리즘이다. 그리고 몇몇 문학 단체, 그런데 두

---

6) 박철화는 ≪민음사≫의 '김수영문학상', ≪동서문학사≫의 '동서문학상', ≪문학과 지성사≫의 '이산문학상' 등은 상대적으로 공정한 관리를 통해 여러 면에서 시인, 작가들에게 격려와 보람의 자리가 되어 왔다고 한다(201쪽). 또 박철화는 "문학상은 가급적 이미 출간된 서적에 대한 사후 평가를 통해 주어지는 것이 보다 더 객관적이다. 많은 경우 전문가와 독자들의 독서를 통해 어느 정도 검증된 뒤에 평가가 이루어지기 때문이다. 출판사가 아닌 다른 주체들에 의해 운영되는 문학상이 상대적으로 공정하다고 평가되어 온 것도 그러한 이유에서이다. ≪한국일보≫의 '한국일보문학상'과 대산재단의 '대산문학상'이 그 예다. 위에서 상대적인 공정성을 지적한 '이산문학상'이나 '김수영문학상'도 이미 출간된 저작에 대한 시상임을 감안하면, 어느 쪽이 보다 더 공정할 수 있을는지는 쉽게 짐작이 갈 것이다."라고 말한다(203쪽).

7) 전국 125개 시·군·구에 산재되어 있는 1,000여 명의 문학 유적, 예컨대 시비, 작고 문인의 생가, 그리고 작품의 배경 등이 담긴 『한국 문학 지도』(동국대 한국문학연구소 엮음, 상 / 하, 계몽사, 1996)는 좋은 참고 자료이다.

가지 다 지난 몇 십 년 동안에 경중 허공에 떠가고 있다. 그 이유를 대략 추려 보면 아래와 같다.

첫째, 전문 문학지들은 60년대까지 전천후로 유지했던 권위를 위협받고 있으며, 그 권위를 떠받들어 주었던 원로들의 가부장적 권위도 급격하게 무너져 가고 있다.

둘째, 문학 단체들은 간판만 내건 체 할 일이 없다. 간판 유지용으로 하나마나 한 행사들을 벌인다. 그리고 그것들은 갖가지 부패의 온상이 되고 있을 뿐이다.

셋째, 문단 등용의 길이 그 허구성을 드러내면서 '전문 문인'의 개념부터가 모호해지기 시작했다.

넷째, 서울 중심의 기성 문단이 허구화되면서 이때까지 서울의 동정에만 민감하던 지방 문단이 제각기 독자적으로 문화권을 형성, 제 목소리를 내면서 나서고 있다.

다섯째, 상업주의에 오염된 문학도 이제 그 끝머리에서 맴돌고 있고, 독자들도 이미 식상해 하고 있다.

이호철, 「개개인의 굴레, 기성 문단이 권위를 깨고 나오는 문학」,
『이호철의 쓴소리』, 우리교육, 2004, 19~20쪽.

위의 인용에서 보듯이 이제 지방 문단 시대가 도래했음을 알 수 있다. 적어도 1980년대부터 1990년대 이르러 폭발적으로 지방 문학과 문단이 활성화되었다. "변화는 그야말로 급격하다. 그리고 이 변화의 가장 중요한 몫을 담당하고 있는 것은 활발한 지방의 문학 운동들이다. 이들은 이미 재래적 의미의 기성 문단이라는 것을 안중에 두지 않고 있다."[8] 따라서 지방 문단과 문학 잡지에 대해서 관심을 기울여야 할 것이다.[9] 박태일의 『한국지역문학의 논리』와

---

8) 이호철, 「개개인의 굴레, 기성 문단이 권위를 깨고 나오는 문학」, 『우리교육』, 2004, 20쪽.
9) 강희근, 『경남문학의 흐름』, 보고사, 2001.
　　박태일, 『한국지역문학의 논리』, 청동거울, 2004.

이강언·조두섭의 『대구경북근대문인연구』의 경우 지방 문인들에 대한 본격적인 연구라는 점에서 주목을 끈다. 경남·부산 지역 문학회를 중심으로 한 ≪지역문학연구≫도 지역 작가들에 대한 좋은 자료들을 발굴하고 있다.

작품 선정에 있어 개별 시인 중심이냐 동인지 중심이냐에 따라 기준이 달라질 수 있다. 일제 강점기인 1920~30년대는 대부분 동인지 중심의 문단이 형성되었기 때문에 이들에 대한 연구는 자연스럽게 동인지 중심의 연구이다.[10] 가령 ≪創造≫[11], ≪白潮≫[12],

---

이강언·조두섭, 『대구경북근대문인연구』, 태학사, 1999.
조동일, 『지방문학사』, 지식산업사, 2004.

10) 김용직, 『한국현대시사』(1·2), 한국문연, 1996.

11) 창조(創造) : 1919년 2월에 창간된 우리나라 최초의 종합문예 동인지. A5판. 1921년 5월 통권 제9호로 종간되었다. 이 동인지를 통하여 시 70여편, 소설 19편, 희곡 4편, 평론 16편, 번역시 49편이 발표되었다. 창간동인은 김동인(金東仁)·주요한(朱耀翰)·전영택(田榮澤)·김환(金煥)·최승만(崔承萬) 등 5인으로, 종간까지는 창간동인 이외에 이광수(李光洙 : 제2호부터), 이일(李一)·박석윤(朴錫胤 : 제3호부터), 김명순(金明淳 : 제7호부터), 오천석(吳天錫 : 제7호부터), 김관호(金觀鎬)·김억(金億)·김찬영(金瓚永 : 제8호부터), 임장화(林長和 : 제9호부터) 등 13인이다. 편집·인쇄 및 발행은 창간호부터 제7호까지는 동경(東京)에서, 제8호는 편집은 평양, 인쇄·발행은 서울, 제9호는 모두 서울에서 하였다. 특히 신문학(新文學)이라는 커다란 명제를 앞에 놓고 방황과 모색을 계속하던 당시의 문단에 <불놀이>·<약한 자의 슬픔> 같은 내용면으로나 형식면으로나 어느 정도 완성된 작품을 선보였다는 점에서 문학사적 의의를 부여할 수 있을 것이다. …중략… 또한, 그 핵심 동인이라고 할 수 있는 김동인에 의하여 근대적 소설 문체의 확립이 이루어졌고, 주요한에 의하여 자유시의 형태를 정립하기 위한 노력이 계속되었다는 점도 아울러서 평가되어야 할 것이다(<동인지> 인용은 ≪국어국문학사전≫ 참고).

12) 백조(白潮) : 1922년 1월에 창간된 순문예동인지. 박종화(朴鍾和)·홍사용(洪思容)·나도향(羅稻香)·박영희(朴英熙) 등이 참여하였다. 편집인은 홍사용, 발행인은 일제의 검열을 피하기 위해 외국인을 택했는데, 1호는 아펜젤러(미국인 선교사, 배재학당 교장), 2호는 보이스 부인(미국인 선교사), 3호는 훼루훼로(망명한 백계 러시아인)이다. 격월간으로 계획된 것이나 발간이 순조롭지 못하여 1922년 5월에 2호, 1923년 9월에 3호를 내고 종간되었다. 발행동기는

≪詩文學≫13), ≪九人會≫14) 등을 들 수 있다. 그리고 1960년대는

휘문의숙(徽文義塾) 출신의 박종화·홍사용과 배재학당(培材學堂) 출신의 나도향·박영희 등의 문학청년들의 사귐에서 비롯되었다. 3·1 운동이 실패한 뒤 절망적 상황에서 이들 뜻이 맞는 젊은이들이 모여 문예지와 사상을 펼 수 있는 잡지를 만들고자 하였다. ≪백조≫의 문학적 경향을 흔히 낭만주의적인 것으로 이야기하나, 그것은 시분야에 국한된 일이고 소설분야에 있어서는 역시 당시의 유행사조인 자연주의적인 성격이 짙다. 당시의 동인지는 어느 뚜렷한 문학적인 주의나 사조(思潮)에 의하여 뭉친 동인이라기보다는 문학 동호인의 친교적 성격이 강하였던 만큼 무슨 주의 일색으로 보기는 어렵다. 이들은 흔히 '백조파'로 묶어서 지칭되고 있는 바 그들의 문학적 경향은 서구의 낭만주의와는 달리 병적이고 퇴폐적인 면이 강하였다. 이는 3·1 운동이 실패한 뒤 허탈한 느낌에서 문학을 시작한 청년작가들의 정신적 상황을 잘 반영하고 있다. '백조파' 시의 특징은 애수·비탄·자포자기, 죽음의 동경, 정신적 자폐증 등의 감상적 경향을 제대로 시로써 승화하지 못한 채 격정적이거나 애상적인 어투로 표출하였다.

13) 시문학(詩文學) : 1930년 3월에 창간된 시가 중심의 문예동인지. A5판. 40면 내외. 김영랑(金永郎)·박용철(朴龍喆)·정인보(鄭寅普)·이하윤(異河潤) 등이 참여하였다. 1931년 10월 통권 3호로 종간되었다. 편집인 겸 발행인은 박용철이며, 시문학사에서 발행하였다. 불과 3호밖에 안 나왔지만 문학사적 의의는 크다. 우선 카프문학의 목적의식·도식성·획일성·조직성에 반대하여 순수문학을 옹호한 모태가 되었고, 시를 언어예술로 자각한 참된 현대시의 시발점이 되었다고 볼 수 있다. 그 성격은 김영랑의 토착적이고 섬세한 정서와 음악성, 정지용의 감각적 이미지와 회화성 등의 서로 다른 두 양상으로 나누어진다.

14) 구인회(九人會) : 문학 친목단체로서 1933년 8월 문단계 및 예술계 작가인 이종명(李鍾鳴)·김유영(金幽影)의 발기로 이효석(李孝石)·이무영(李無影)·유치진(柳致眞)·이태준(李泰俊)·조용만(趙容萬)·김기림(金起林)·정지용(鄭芝溶) 등 9인이 결성했다. 그러나 발족한 지 얼마 안 가서 발기인인 이종명·김유영과 이효석이 탈퇴하고 그 대신 박태원(朴泰遠)·이상(李箱)·박팔양(朴八陽)이 가입하였으며 그 뒤 또 유치진·조용만 대신에 김유정(金裕貞)·김환태(金煥泰)가 보충되어 언제나 인원수는 9명이었다. 이들은 경향주의 문학에 반하여 '순수예술추구'를 취지로 하여 약 3, 4년 동안 월 2, 3회의 모임과 서너번의 문학강연회, 그리고 ≪시와 소설≫이라는 기관지를 한 번 발행하였다. 이처럼 활동은 소극적이었으나, 당시 신인 및 중견작가로서 이들이 차지하는 문단에서의 역량 등으로 인해 '순수예술옹호'라는 문단의 분위기를 형성하기도 하였다. 특히 이태준은 그의 서정성이 높은 문장과 미의식에 있어서 거의 독보적인 경지를 펼쳐 갔으며, 이효석도 시골이나 도회의 주변적 인물이 지닌 애수적인 삶의 양상에 특출한 묘사력을 가지고 그의 예술적 개성을 성취한 서

1920년대 이후 다시 <동인지 문단 시대>가 찾아왔다고 할 만큼 대략 50여 종류의 동인지들이 우후죽순 창간된 시기이다. 1960년대에 출간된 대표적인 문예지와 동인지, 그리고 문학 관련 교양 종합지를 대략적으로 살펴보면 다음과 같다. 『60년대 사화집』(1961), ≪한양≫, ≪산문시대≫(1962), ≪세대≫, ≪청맥≫, ≪신춘시≫, ≪비평작업≫(1963), ≪문학춘추≫, ≪사계≫(1964), ≪창작과 비평≫, ≪현대시학≫, ≪문학≫(1966), ≪월간문학≫(1968), ≪68문학≫, ≪상황≫(1969), ≪문학과 지성≫(1970) 등이다. 이들 잡지들은 기성세대의 보수적 문학관과 헤게모니에 종속된 문학적 경향을 과감히 탈피하기 위해 새로운 문예지를 통해 자신들의 문학적 다양성과 새로움을 최대한 실현하려 했던 것이다.[15]

문제는, 오늘날 지방을 중심으로 동인지 활동이 활발해 이들을 다 연구하는데 어려움이 있다는 것이다. 그래서 개별 시인들의 시 작품을 꾸준히 읽을 필요가 있지만 그 노력이 과연 가치가 있는 것인지를 생각하지 않을 수 없다. 왜냐하면 1920년대, 1960년대와 달리 1990년대 이후 동인지와 문예지가 한국문학사의 동력이 되었다고 평가할 수 있는지 의문이기 때문이다.

한국문학사의 이력이 한 세기를 넘어서는 시점에서 대형 출판사들이 앞 다투어 작가(작품론) 총서를 발간하고 있다. 이 총서들은 대

정적 작가였다. 이밖에도 정지용의 시에 있어서 상실감의 포착과 그 정서의 표현은 거의 독보적이었고 감각의 예리성과 섬세함이 형상을 이루어 사상파(寫像派)의 효시가 되었다. 김기림도 시의 회화적·감각적 심상에 주력한 근대주의적 서정성을 드높인 시인이었다.

15) 하상일, 「전후비평의 타자화와 폐쇄적 권력지향성」, 『한국문학권력의 계보』, 한국출판마케팅연구소, 2004, 286~289쪽.

개가 주목할 만한 당대 작가의 작품들에 국한한다는 점에서 좋은 선정 기준이 된다. 다만 문제가 되는 것은 이들 총서가 상업성에 근거하지 않았다고 장담할 수는 없다는 점이다. 그리고 기출판된 대개의 작가(작품)론은 한국문학사에서 평가를 받았다는 점에서 새로운 접근법을 보여 주어야만 한다. 또 묻혔던 작가들의 작품을 발굴하여 연구하고 분석하는 것은 작품 발굴이라는 점에서는 과대 평가를 할 가능성이 높다. 그러나 자칫하면 잘못된 자료 발굴과 이에 대한 연구와 분석 때문에 후학들의 몰매를 맞을 수도 있다. 그렇기 때문에 자료 발굴과 동시에 작품을 새로운 각도에서 보려는 많은 노력과 시간이 필요하다.16)

그리고 오늘날 문인들의 경우 작가 정신의 희박으로 말미암아 작품의 옥석(玉石)을 평가하는 비평가의 안목이 더욱 요청된다 하겠다. 현대시가 길을 잃고 있는 느낌은 지울 수가 없다. 더구나 현대 사회가 산업화되면서 점차 정보화, 디지털화되면서 이런 현상은 더욱 짙어진다. 이런 틈바구니에서 진정한 창작은 점차 소멸되고 있다. 그리고 작가의 진정한 창작 정신이 소멸된 지도 오래된 이야기임을 생각해야 한다.17)

---

16) 작가 총서의 경우를 들면 다음과 같다.
　　권영민 엮음, 『한국현대문학대계(시 : 1910~1945)』 ― 김소월, 임화, 정지용 등 41인의 시인.
　　________, 『한국현대문학대계(시 : 1945~1990)』 ― 김수영, 김춘수, 고은, 김지하 등 56인의 시인을 소개하고 있다.
17) 졸고, 「고전시론과 현대시론의 한 접점」, 『한국 현대시의 탐색』, 역락, 2001, 287쪽.

2. 선정의 문제

　작품 분석의 출발점은 텍스트 선정부터 시작된다. 그렇기 때문에 좋은 시를 골라내는 일이 중요하다. 좋은 시와 나쁜 시의 경계가 모호한 것은 사실이다. 그러나 텍스트마다 독특한 '문학성'이 내재해 있기 때문에 이를 근간으로 하여 가릴 수 있다.

　한 원로 비평가는 훌륭한 시와 빈약한 시에 대해서 다음과 같이 구별하였다.

> 　서투르거나 빈약한 시는 대체로 어떤 공통점을 가지고 있다. 남의 흉내를 냈다든지, 상투적인 생각이나 표현이 많다든지, 절제나 균형감 없이 군말이 많다든지, 지나치게 조작적이라든지, 어휘 구사상의 적절성이 없다든지 하는 등의 공통점을 지적할 수 있다. 이에 반해서 반듯한 성취도를 보여주는 훌륭한 시편은 모두 저마다의 방식으로 빛나고 있다. 이 점이 훌륭한 시편의 바뀌지 않는 특성일 것이다.
>
> 유종호, 「책머리에」, 『시 읽기의 방법』, 삶과 꿈, 2005, 5쪽.

　유종호의 말처럼 '저마다의 방식으로 빛나는' 시편을 선정해서 분석한다는 것이 중요하다. 그러나 이도 딱히 정의하기가 어려운 것이 사실이다. 다만 훌륭한 시는 그 시 자체의 독특한 문학성이 있다는 것으로 받아들여야 할 것 같다.

　시 텍스트 선정의 어려움은 현실적으로 세 가지 정도라 생각된다. 하나는 작품의 양적 팽창에 따른 연구자의 텍스트 양의 읽기 부담이고, 다른 하나는 인맥에 따른 선정의 어려움이다. 또 하나는 시류에 편승하는 어려움이 있다. 어쩌면 이러한 문제는 문단 내의 치부(恥部)를 드러내는 일일 수도 있다. 이런 문제가 작품 분석과 관련이 없는 것처럼 보이지만 사실 작품 평가 이전부터 내재해 있는 문제이기 때문에 이를 고려해야 할 것이다. 그래서 필자는 이에 대해 솔직하게 이야기하고자 한다.

2.1. 양적 팽창(膨脹)에 따른 어려움

작품 분석을 할 때 주변에서 작가들이 많다는 것과 적다는 것과는 관계없이 진정한 작가가 누구인가를 평가해야 한다. 그러나 많은 작가들이 있다는 점에서 많은 작품이 나올 수밖에 없다는 전제에서 볼 때, 작품의 양적 팽창은 아무리 생각해도 만만치 않은 것이 사실이다.

한국 문단의 산증인인 이호철은 한국 문단의 세계를 다음과 같이 질타(叱咤)하고 있다. 이는 대상 작가를 선택하는데 얼마나 어려운 일인지를 새삼 생각하게 만든다.

> 새롭게 2000년에 들어선 오늘의 문단을 돌아봤을 때, 문학인의 수나 쏟아내는 작품량으로만 본다면 르네상스가 무색할 정도로 호황임에는 틀림없다. 하지만 그 내실을 놓고 보면 잡박(雜駁)하기 이를 데 없어 보이기도 한다. 누가 어디서 어떤 것을 써내고 있는지 챙길 수조차 없다. 그나마 어쩌다가 손에 잡힌 것을 읽어 볼라치면, 소설인지 잡설인지 수필인지 잡문인지 알쏭달쏭한 것들이 태반이다.
>
> 이호철, 「우리 문단에 던지는 쓴소리」, 앞의 책, 29쪽.

인용글은 이호철의 한국 문단에 대한 쓴소리이다. 이 글에서 보듯이 대상 작가를 선정한다는 것 자체가 얼마나 곤혹스러운지를 짐작할 수 있다. 이호철의 위의 내용이 사실이라면, 작품 분석을 시도하는 일이 얼마나 고통스러운지를 짐작할 수 있다. 이러한 상황일수록 비평가는 작품을 선정하는 혜안(慧眼)이 필요하다. 필자도 지역의 비평을 담당하면서 이러한 곤혹스러움을 뼈저리게 맛보았기 때문이다.[18] 더구나 과거와 달리 현대 작가를 대상으로 삼을 때, 무엇을 기준으로 할 것인가를 고려해 보면 이호철의 쓴소리는 귀 기울일 필요가 있다. 이미 작가 <딱지>를 달고 있는 문인들의 작품을 어떻게 분석할 것인가?

> 작금에는 매년 수십 명씩 나오는데 어느 신인이 어디서 어떻게 나왔는지 알 길이 없고, 아래위도 없을 뿐만 아니라 제각기 나름대로 로비 활동으로 설치는 쪽이 작품 발표할 지면도 얻고 그럭저럭 각광을 받기도 하는 것 같다.
>
> 이호철, 「'문학의 해'에 돌아 본 우리 문단 반세기」, 앞의 책, 67쪽.

이호철의 이 같은 사실을 접하고 보면 정말 작가와 작품을 어떻게 선정해야 할 지가 막막한 것이 사실이다. 뿐만 아니라 지역 문단에서 활동하는 작가들의 중앙 지면 확보가 현실적으로 어렵다는 것을 짐작하고도 남을 일이다.

이런 문제점이 있음에도 불구하고 매년 수십 명씩 신인들이 쏟아져 나온다. 그렇더라도 이들 작품에 대한 비평적 안목이 없이는 작품 분석이 의미가 없어진다.

---

18) 졸고, 「비평과 비평철학」, 『비평과 삶의 감각』, 역락, 2004, 236~237쪽.

2.2. 인맥(人脈)에 따른 선정의 어려움

시 텍스트 선정의 경우 우연찮게 작가를 선택해야 하는 경우가 있다. 가령 연구자가 특정 인맥과 관계를 맺게 되면 어쩔 수 없이 인맥 속에 있는 시인의 작품을 분석하고 평가하게 된다. 이럴 경우 십중팔구(十中八九)는 주례사 비평에 머물 확률이 높다. 또한 가까운 지인(知人)으로부터 작품 분석이나 평을 부탁받는 경우가 더러 있을 것이다. 이럴 경우도 주례사 비평에 머물 확률이 높게 된다. 이런 경우 대부분 오랜 우정이나 인연의 소중함을 바탕으로 하여 작가의 인간됨과 시 세계를 연결시켜 평가한다. 그래서 시의 절대적 가치나 문학성을 바탕으로 하는 평가가 이루어지는 것이 아니기 때문에 한국시문학사의 기술에서 고려해야 할 문제다.

이와 같은 문제점이 있기 때문에 문인들과 가까이 지내기보다는 다소 거리를 두는 편이 좋은 점도 있다. 이것이 작품 분석에서 비교적 자유롭게 평가할 수 있는 방법이라고 생각하기 때문이다. 필자도 지역 비평활동을 하면서 가까이 지낸 작가들의 작품을 비판할 것인가 평가할 것인가를 고민했었다. 비판은 가까이 지낸 작가들과 감정적인 문제가 생기고, 평가는 작품성과는 다소 거리가 있는 경우가 있었다. 또한 작가의 인간성과 관련없이 작품성이 뛰어난 경우도 있었고, 이와 반대일 경우도 있었다. 사실 비평가는 인간이면서 동시에 작품의 평가자이다. 이 이중성이 비평가 내부의 또 하나의 문제점이다. 물론 작가와 가까이 있음으로 해서 작가 연구를 통한 작품 분석이 충족된다는 사실은 긍정적일 수 있다.[19] 하지만 붓끝이 날카

---

19) 김영(필명 : 김하기)은 소설가이기 때문에 한국의 대표 작가인 황석영과 이문

롭기보다는 오히려 붓끝이 몇 갈래 나누어져 무엇을 말하고자 하는지 조차 말할 수 없는 경우가 많게 된다. 차라리 비평의 붓끝을 놓는 편이 나을 것이다.

그렇다면 작가와 가까이 지내는 것이 문제라는 말인가? 이는 문학 밖의 일로 세상살이의 각박함을 생각하면 슬픈 일이다.[20] 일단 비평가의 안목으로 평가한 다음에 좋은 작품의 작가를 대하는 것이 바람직하다. 작가와 만날 때는 작가 연구와 관련해서 대담 혹은 사담이 좋을 것이다. 물론 작품을 볼 것이냐, 작가를 보느냐라는 인간적인 문제가 전제된다면 비평가는 곤혹스러운 일이 된다. 그럼에도 불구하고 텍스트에 대한 치밀한 분석이 전제라는 사실을 명심해야 한다.

2.3. 시류(時流)에 편승하는 어려움

좋은 작가들의 작품에 대해서 분석할 경우 이미 다른 연구자들에 의해 연구가 이루어졌기 때문에 당연히 시류에 편승한다는 점을 지적할 수 있다. 과거 문학 연구의 태도를 보면 이를 짐작할 수 있다. 1980년대 민족 / 민중문학론의 논의가 주류를 이루었다든지 1990년대 포스트 모더니즘의 논의, 또 최근의 생태 문학에 대한 논의[21] 등이 이를 증거한다. 그래서 당대의 문학적 진단이나 분석이

열을 가까이 지낼 수 있었다. 이 두 작가의 문학 세계를 연구하는데 작가와의 친분이 작품 분석에 충분히 활용된 것이다(『황석영 이문열 소설 비교 연구』, 부산대학교 박사학위 논문, 2005).

20) 강준만·권성우 공저, 『문학권력』, 개마고원, 2001.
　　이호철, 『이호철의 쓴소리』, 우리교육, 2004.
　　문학과 비평연구회, 『한국 문학 권력의 계보』, 한국출판마케팅연구소, 2004.

이와 같은 주의에 걸쳐 있기 때문에 작품의 독자성을 찾기 힘들다. 그러나 작품은 제각각의 본령의 소리가 있다. 작품이 갖고 있는 독특한 문학성을 찾는 작업은 시류에 편승하지 않는 독자적인 분석 작업이다. 이에 대한 충분한 논의가 이루지는 것이 바로 올바른 문학사의 평가의 전제이다.

그럼에도 불구하고 시를 분석하는 경우에 시류 편승에서 크게 벗어나지 못하는 경우가 많다. 그래서 연구가 결국은 한쪽 방향으로 모아지게 되는 문제점이 있다. 물론 집중적으로 한 시대 작가들의 공통적인 사상이나 작품의 특징을 밝히는 연구의 결실을 맺는 장점이 있지만 모든 작품이 한쪽에만 창작되는 것이 아니기 때문에 오히려 창작과 평가가 편협할 수 있다는 점을 염두에 두어야 한다. 소위 주목받는 작가들의 작품을 분석하지 않으면 안 되는 분위기를 각종 문학 잡지들이 만들고 있다. 물론 이는 작가를 주목한 것이지만 결국 한 시인을 신화(神話)로까지 끌어올리려는 의도와 함께 상업적 의도가 분명히 깔려 있다고 볼 수 있다.[22] 이런 상황의 맥락을

---

21) 구자희,『한국 현대 생태담론과 이론 연구』, 새미, 2004.
　　 김용민,『생태문학』, 책세상, 2003.
　　 김욱동,『생태학적 상상력』, 나무심는사람, 2003.
　　 김해옥,『생태문학론』, 새미, 2005.
　　 송용구,『생태시와 저항의식』, 다운샘, 2001.
　　 신덕룡,『생명시학의 전제』, 소명출판, 2002.
　　 우찬제,『생태문제와 인문학적 상상력』, 나남출판, 1999.
22) 1974년 윤동주,『하늘과 바람과 별과 시』, 정음사 / 1983년 이해인,『오늘은 내가 반달로 떠도』, 분도출판사 / 1984년 이해인,『우리가 사랑한다는 것은』, 분도출판사 / 1984년 이해인,『민들레의 영토』, 분도출판사 / 1984년 이해인,『내 영혼에 불을 놓아』, 분도출판사 / 1987년 김옥진,『산골소녀 옥진이 시집』, 시사연 / 1987년 김초혜,『사랑굿』, 문학세계사 / 1987년 도종환,『접시꽃 당신』, 실천문학사 / 1987년 서정윤,『홀로서기』, 청하 / 1988년 정호승,『새벽편지』, 민음사 / 1991년 류시화,『그대가 곁에 있어도 나는 그대가 그립다』,

들여다 보게 되면 작품 분석은 더욱 곤혹스럽게 된다.

　지금까지 작품 분석을 위한 텍스트 선정 기준 및 이에 따른 문제점들을 짚어 보았다. 이제부터는 시 분석에 대한 기초 논의를 검토할 차례이다. 시 분석에 대한 기존 논의는 이론적 방법과 평설 혹은 해설의 방법으로 나눌 수 있다. 텍스트 선정과 분석의 경우 객관성을 확보하는 방법 중 하나는 시 이론을 통한 분석의 방법이다. 따라서 분석을 위한 이론 탐색의 과정을 살펴 볼 필요가 있다. 그리고 비평가의 직관과 판단으로 작품의 분석을 행하는 평설 혹은 해설로 볼 수 있다. 이에 대한 논의를 살펴보겠다.

푸른숲 / 1991년 박라연, 『서울에 사는 평강공주』, 문학과지성사 / 1991년 정호승, 『별들은 따뜻하다』, 창작과비평사 / 1991년 황지우, 『게눈 속의 연꽃』, 문학과지성사 / 1993년 이정하, 『우리 사는 동안에』, 고려문화사 / 1994년 최영미, 『서른 잔치는 끝났다』, 창작과비평사 / 1995년 원태연, 『알레르기』, 영학출판사 / 1995년 이정하, 『너는 눈부시지만 나는 눈물겹다』, 푸른숲 / 1998년 이정하, 『사랑하지 않아야 할 사람을 사랑하고 있다면』, 자음과모음.
　이 통계를 보면, 시집이 베스트셀러가 된 경우는 대체로 80년대 중반에서 90년대 중반까지임을 알 수 있고, 2000년대에 들어와서는 시집이 베스트셀러가 된 경우는 한 번도 없었음을 알 수 있다. 그런 점으로 미루어보아, 시집이 베스트셀러가 되려면 그때 그때의 독서의 흐름에 맞는 시를 써야 한다는 것과 가능한 한 독자의 취향에 따라 시를 써야 한다는 것을 알 수 있다. 독자의 취향이란 쉬운 시를 뜻한다. 그리고 독자들은 베스트셀러를 낸 시인의 것을 일정한 기간 동안 거의 맹목적으로 선호하는 경향이 있어 명성을 한 번 얻으면 그것이 당분간 베스트셀러를 유지하는 힘이 된다는 것을 알 수 있다. 위의 베스트셀러 시집을 낸 사람 가운데 가장 여러 권의 베스트셀러 시집을 낸 사람은 이해인과 이정하이다. 이는, 베스트셀러란 문단의 인정과는 무관한 곳에서 이루어진다는 사실을 말해주는 것이다. 문단의 인정과는 무관한 곳에서 이루어지는 베스트셀러를 좋은 작품으로 인정하느냐 마느냐 하는 것은 별개의 문제다(이기철, 「수선화 같은 시인 - 이해인」, 『쓸쓸한 곳에는 시인이 있다』, 문학동네, 2005, 156~158쪽).

3. 텍스트 선정과 분석 문제

선행 연구자들이 주목하지 않는 텍스트를 선택한다는 것도 어려운 일이지만 이를 분석한다는 것도 다분히 모험적일 수밖에 없다. 작품의 선택 기준을 작품성이라고 할 때, 이 작품성의 평가는 평자에 따라 달라진다. 더구나 중요 작가의 작품일수록 분석의 논쟁거리가 많게 된다. 1960년대 한국시의 미학으로 평가하는 김수영의 시를 통해 이에 대한 논의를 살펴보자.

가) 작품

누구한테 머리를 숙일까
사람이 아닌 평범한 것에
많이는 아니고 조금
벼를 터는 마당에서는 바람도 안 부는데
옥수수잎이 흔들리듯 그렇게 조금

바람의 고개는 자기가 일어서는 줄
모르고 자기가 가닿는 언덕을
모르고 거룩한 산에 가닿기
전에는 즐거움을 모르고 조금
안 즐거움이 꽃으로 되어도
그저 조금 꺼졌다 깨어나고
언뜻 보기엔 임종의 생명 같고
바위를 뭉개고 떨어져내릴
한 잎의 꽃잎 같고
혁명 같고

먼저 떨어져내린 큰 바위 같고
나중에 떨어진 작은 꽃잎 같고
나중에 떨어져내린 작은 꽃잎 같고

김수영, 「꽃잎—1」.

나)

김수영이 죽기 한해 전에 쓴 것으로 알려진 「꽃잎—1」, 「꽃잎—2」, 「꽃잎—3」은 이해하기 쉽지 않은 난삽한 시들이다. 그 때문인지 김수영의 다른 시편들에 비해 비평가들의 관심이 미치지 않는 작품들이다. …중략… 이 작품들이 비평가의 홀대를 받은 까닭은 이 작품들이 해석을 쉽게 허락하지 않는다는 데 있다.

다)

그런데 모처럼 평론가 임홍배의 「시와 혁명」(≪창작과 비평≫, 2003년 겨울호)에 「꽃잎—1」에 대한 분석이 들어 있어 눈여겨 읽었다. 임홍배의 「꽃잎—1」에 대한 분석은 한마디로 실망 그 자체다. 한 편의 시를 의미결정론의 틀 속에 가둬놓고 그 안에서 고정된 불변의 의미를 찾아내는 기계적 해석의 태도는 흔히 과잉해석으로 이어진다. …중략… 「꽃잎—1」에서 "4·19가 제기한 미완의 과제를 누구보다 치열하게 고민"한 사유의 흔적을 끄집어내려는 임홍배의 태도는 한마디로 의미의 비약이요, 비평가의 자의적 해석의 단적인 예다. 그러니 "언뜻 보기엔 임종의 생명 같고/바위를 뭉개고 떨어져내릴/한 잎의 꽃잎 같고/혁명 같고/먼저 떨어져내린 큰 바위 같고/나중에 떨어진 작은 꽃잎 같고"로 된 3연을 두고 "여기서도 바위를 무너뜨리는 힘과 꽃의 개화를 매개하는 것은 '바람'이다. 자연을 운행시키는 힘으로서의 바람은 꽃을 피어나게 하는 동시에 그 아름다움이 제 몫을 다했을 때는 다시 낙화의 힘으로 작용하며, 그것이 거대한 바위를 만들고 다시 부수는 자연의 풍화 작용이기도 한 것이다. '언뜻 보기에는' 서로 아무런 연관성도 없이 진행되는 꽃의 개화와 바위의 낙반에 작용하는 근원적인 힘은 동일하다는 통찰이다.
그렇게 해서 꽃잎이 바위를 뭉개는 이 '나무아미타불의 기적'은 자
연의 순리에서 결코 기적이 아닌 셈이다라는 억지스러운 해석으로
이어지는 것이다.

라)

시인 이시영이 임홍배의 과잉해석에 대해 조목조목 비판(≪창작과
비평≫, 2004년 봄호)하고 있으니 그 점에 대해 더 말하지는 않겠다.
시를 살아 있는 그대로 읽지 않고 목적론적 틀에 맞춰 재단하고 과잉
의 의미를 부여해 읽는 비평가의 과잉해석은 흔히 작품을 훼손하는
결과를 낳는다. 이시영이 말하고 있는 바, "매순간 나의 살아 있는 날
호흡으로 그것들(작품)과 열렬하게 부딪치고 싶은 마음"으로 읽는 시
는 "살아 있는 시를 더욱 살아 뛰게" 한다. 비평가의 분석은 도식과
상투성에 매몰된 죽은 비평이고, 시인의 해석은 순수하고 명석함이
그대로 살아 있는 "생물비평"이다.

장석주, 「김수영의 '꽃잎'은 어떻게 바위를 뭉갤 수 있을까?」,
『풍경의 탄생』, 인디북, 2005, 139~141쪽.

인용글의 나)는 평자들의 주목을 받지 못한 이유이다. 다)는 한
평론가에 대한 <의미의 비약>과 <자의적 해석>을 지적한 내용이
다. 라)는 다)에 대한 평가이다. 결국 시에 대한 분석이 '도식과 상
투성'에 매몰되지 않고 시에 대한 '순수하고 명석함'이 돋보이는 시
분석의 명제를 이끌어 낼 수 있다. 도식성은 작품 분석에서 하나의
틀을 둔다는 의미인데, 혼란스러움을 막을 수 있는 하나의 이론적
틀이라는 점에서 중요한 잣대이다.

비평이 갖는 주관성을 배제하면서 발생하는 도식성을 극복한다는
것은 결코 쉬운 일이 아니다. 그래서 이 둘의 관계를 절묘하게 해결

할 수 있는 방법을 모색할 필요성이 있다. 그러나 비평이란 결국 한 평자의 주관성으로부터 출발해서 그 작품 갖는 작품성을 밝히는 것이다. 그 문학성이 갖는 가치는 분석의 결과가 객관성과 보편성, 논리성을 함축해야 한다. 그래서 분석은 '주관의 논리화'라는 비평의 잣대가 하나로 표현되는 것이다. 한 비평가의 생각을 인용해 보자.

> 오디는 오디대로 맛있고, 무화과는 무화과대로 맛있는 것이 아닌가. 비판받아야 할 것은 개인적 취향에 대한 객관적 성찰이 없는 인상주의지, 취향 그 자체가 아니다. 사실 좋은 비평이란 개인적 취향의 근거를 밝히려는 노력이다. 분석과 해석을 통해서 개인의 취향에다 개연성을 부여함으로써 객관적 진실에 대한 보다 가까이 다가가는 것이다. 그러기 위해서는 선택과 배제, 좋아함과 좋아하지 않음의 기준을 밝히는 일이 필요하다. 기준을 제시하고 그것에 맞추어 충실하게 평가하는 일, 비평이 과학이 될 수 있는 바탕은 바로 거기에 있다. 그때 개인적 취향의 근거가 되는 작품 평가의 기준은 하나의 미학이 된다.
>
> 박철화, 「문학 권력 논쟁 맥락」, 『우리 문학에 대한 질문』,
> 생각의 나무, 2002, 109~110쪽.

위의 인용에서 필자가 주목한 것은 "기준을 제시하고 그것에 맞추어 충실하게 평가하는 일, 비평이 과학이 될 수 있는 바탕은 바로 거기에 있다."는 점이다. 본고는 바로 작품 분석에 대한 기준 몇 가지를 정리하려는 입장이다. 본고에서 크게 세 방향으로 접근하고자 한다. 이러한 기준을 바탕으로 작품 분석을 시도하려고 한다. 그래서 필자는 본고에서 하나의 틀을 만들려고 한다. 또 하나는 해석의 독특한 접근법이 아니면 상투성의 해석에서 벗어날 수 없다. 이런 저런 고민 속에서 필자의 판단과 안목으로 현대시 분석의 모형과 실제를 설정해 보았다.

오세영은 한국시 연구의 문제점들을 몇 가지 지적한 바가 있다. 그 내용은 ① 너무 이념 중심으로 작품에 접근한다는 점이다. ② 지나치게 시류를 편승한다는 점이다. ③ 기존 평가에 대한 맹목적인 추수를 들 수 있다. ④ 시인 자신의 전기적 사실과 작품의 상상 세계를 혼동하는 우를 범하고 있다는 사실 등이다.[23] 또 오세영은 최근에 문학평론가 50인이 광복 이후 대표시인으로 꼽은 김수영이 참여 시인의 전형으로 우상화되었다고 비판했다. 그 이유는 최면에 걸린 일부 연구자들과 ≪창작과 비평≫을 중심으로 한 민중 문학 그룹에 의한 평가라고 주장했다. 이에 대한 내용을 인용하면 다음과 같다.

가) 오세영의 비판

① 김수영 시의 한 흐름을 이루는 쉬르리얼리즘 시의 경우 자동기술법과 무의미한 진술들을 내세워 황당무계하게 독자들을 우롱한 면이 있다. 「아메리칸 타임지」나 「공자의 생활난」 같은 시는 수준 미달이고, 일종의 시적 사기(詐欺)여서 논란의 대상으로 삼는다는 것 자체가 우습다. ② 김수영 시의 또 다른 흐름인 참여시의 경우 4·19 혁명 이후 5·16 군사 정변 이전 표현의 제약이 거의 없던 시절에 쓰인 것이다. 시류를 탔던 것이며, '혁명을 잘해 보자'는 '어용시'를 썼다고 볼 수도 있다. 시의 고발 내용조차 관념적 추상적이다. '자유' '혁명'이란 시어를 자주 썼지만 포즈(pose : 겉모양)로서 쓴 것 같다. 그는 심지어 5·16 군사 정변도 '혁명'이라고 썼다. ③ 민중 문학 그룹은 참여 시인으로 합리화할 여러 요인을 지닌 김수영을 중요한 포스트를 갖는 시인으로 추대했기 때문에 과대 평가되었다.

≪현대시≫, 한국문연, 2005년 1, 2, 3월호 참고

---

23) 오세영, 「현대시 연구에 대한 성찰」, ≪시와 시학≫, 2002, 가을호, 187~203쪽.

나) 김명인의 옹호

『살아 있는 김수영』(공저, ≪창비사≫, 2005)을 펴낸 김명인의 의견 : 오 교수는 시적 완결성을 지나치게 중시하면서 김수영 시를 본 것 같다. 많은 문학인들이 김수영을 연구한 것은 '최면'됐기 때문이 아니다. 김수영에게는 자기 시대와 처절하게 싸워 온 지식인으로서의 매력이 있다. 엄숙하고 비장했는가 하면, 비겁하고 주책스러운 면들도 있다. 이들 모두가 그의 시와 산문에 담겼다. 그에게는 넘치는 정신에 비해 언어가 따라 가지 못한 점이 있다. 그게 난해하게 읽힐 수 있다. 하지만 시는 공공재(公共材)다. 그 자체로서 연구할 수 있지 않은가. 민중 문학 진영이 김수영을 우상화했다는 것도 사실과 다르다. 창비 뿐만 아니라 김현, 김윤식, 유종호, 황동규 등 입장이 다른 숱한 문학평론가들과 시인들도 김수영의 조명에 나서지 않았는가.

다) 백낙청의 반응

문학계간지 ≪창작과 비평≫을 만든 백낙청의 의견 : 김수영에 대한 다양한 평가가 가능하다.

≪동아일보≫, 2005년 2월 17일, 권기태 기자, kkt@donga.com.

위 인용에서 보듯이 기존의 평가라 하더라도 새로운 각도에서 접근할 수 있다는 점에서 텍스트 선정의 이유가 된다. 그러나 이와 같은 텍스트의 선정과 분석에 따른 문제를 생각해 보아야 한다. 그 문제점이란 다음과 같이 정리할 수 있겠다.

첫째, 왜 하나의 텍스트에 집중하여 분석을 시도하는가?

이것은 작가의 인지도인지 작품성인지를 전제한 문제점이다. 작가의 인지도라면 작품성에 대한 평가는 비약적일 수 있다. 아니면 작품성을 전제한 경우 긍정적 평가와 부정적 평가로 나누어질 수 있다.

둘째, 왜 하나의 텍스트 분석에서 엇갈린 평가를 내리는가?

이는 연구자의 접근 태도의 차이인가? 아니면 비평의 다양성인가? 연구자의 접근 태도의 차이라면 연구자는 항상 연구한 만큼 작품을 평가해야 하지 않는가? 또 비평의 다양성이라면 주제의 해석이 달라져 작가 의도가 소멸될 수도 있지 않은가?

이와 같은 문제점 외에도 연구자 자신의 문제점은 없는지를 생각해 보아야 한다. 즉 송욱(宋穋)이 말한 것처럼 "買名과 고료와 정치 참가가 아닌 문단 정치에 관심"을 둠으로써 비평이 아닌 '잡문(雜文)'을 쓴 것이 아닌지를 고민해 보아야 한다.

제 2 장

분 석 방 법 론 검 토

1. 이론적 방법

2. 해설과 평설

▌제2장▐ 분석 방법론 검토

　『문학의 이론(Theory of Literature)』(오스틴 웨렌·르네 웰렉)에 따르면, 문학을 연구하는 방법은 내재적 접근 방법과 외재적 접근 방법으로 나눈다. 이 책은 「제3부 문학 연구에 대한 외재적 접근」으로 「문학과 심리학」, 「문학과 사회」 등을 다루었고, 「제4부 문학에 대한 내재적 연구」에서는 「음조, 리듬 및 운율」, 「이미지, 메타퍼, 상징, 신화」 등을 다루고 있다. 이처럼 문학 연구의 방법론은 문학에 대한 분석을 용이하게 한다는 이점이 있다. 이러한 갈래와 다른 각도에서 에이브럼즈는 문학 작품 분석의 큰 틀을 제공하였다. 즉 절대론, 표현론, 반영론, 효용론 등이 그것이다. 이러한 방법론은 문학에 대한 기본적인 시각을 제시하였기 때문에 시 분석에 유용한 것이다. 다만 이들의 방법론의 유용성은 대상에 대한 접근 방법의 큰 틀이기 때문에 개별 작품에 대한 특징을 밝히는 데는 다소 무리가 있다.

　앞의 책과는 달리 문학 연구 방법론 가운데 이상섭의 『문학연구방법론』(탐구당, 1980)은 서구의 문학론을 근간으로 하여 한국 문학의 적용을 시도한다는 측면에서 좋은 참고 자료이다. 그는 이 책에서 "비교적 적은 분량의 글이므로, 각 방법을 보다 깊고 넓게 취급하지 못하였지만, 부제가 암시하듯이 도처에서 한국 문학에서의 예를 들어 방법들의 적용 가능성을 타진"(작가 <서문>에서, 4쪽)하였다. 그래서 한국시를 분석하는 이론적인 틀을 파악하는데 유용하기 때문에 이 저서의 내용과 목차를 통해 그 방법론을 검토해 볼 필요성이 있는 것이다.

이상섭은 문학연구방법론으로 역사주의 비평 방법, 형식주의, 사회 / 윤리주의, 심리주의, 신화 비평의 방법을 검토하고, 한국 문학에 대한 적용의 실제를 보여 주고 있다. 우선 개념을 설명하고, 그 개념에 따른 작품 분석을 보여 줌으로써 실제 작품 분석의 적용의 예를 보여 준다는 점에서 참고가 된다. 다만 한 작품마다 분석을 시도하는 것이 아니라 개념에 대한 설명 위주의 방식과 그 개념에 대한 부분적인 이해를 들고 있어 아쉬운 점이 있다. 그래서 한 작품에 대한 실제 분석을 다소 보충할 필요가 있는 것이다. 필자는 한 작품에 대한 실제적인 분석을 시도하고 그 뒷받침되는 이론이 필요하다고 판단한다.

이상섭은 서구 이론을 정리한 다음 이를 한국문학의 적용 가능성을 검토했지만, 박철희・김시태가 엮은 『문예비평론』(문학과 비평사, 1988)은 서구 이론가들의 주요 논문을 인용하였고, 실제 작품 분석의 예를 싣고 있다. 이 책은 실제 작품 분석의 방법론을 싣고 있으므로 이를 검토할 필요성이 있다. 특히 "문학 연구에 대한 체계적인 접근 방법으로 그렙스타인(Grebstein)의 『현대비평에 대한 전망』"1)에 나오는 역사학적, 심리학적, 사회학적, 형식적, 신화학적 방법을 주로 소개하고 있다. 다만 한 작품에 대한 치밀한 분석을 시도한 것이 아니라 비평 방법에 적절한 예가 되는 작품을 보여 주고 있다. 이와 같은 방법은 소설이나 시에 두루 쓰이는 방법론이다. 본고에서는 시 텍스트와 직접적 관련이 있는 이론적 방법과 해석의 방법을 검토하겠다.

시 분석만을 위한 연구서나 이론서는 드물고, 대개가 시보다는 상위 개념으로 문학 연구 방법론에 대한 이론서는 비교적 많이 볼 수 있다. 이들의 검토를 통해서 현대시 분석 방법론을 모색할 수 있을 것이다. 그래서 시 분석 방법론의 이론적 근거를 찾아 원용하고자 한다. 우선 문학 연구 방법론을 검토하고 시론 내지는 시 이론서에 대한 논의를 검토하겠다. 그리하여 정치한 시 분석을 위한 이론의 접목과 실제를 검토하고자 한다. 실제 방법론의 검토는 <이론적 방법>과 <해설 또는 평설>을 중심으로 하고자 한다. 왜냐하면 작품 분석에 대한 대개의 논의가 이 두 가지 축에 든다고 판단했기 때문이다.

1. 이론적 방법

개별 작품에 대한 분석서는 이승훈의 『한국시의 구조 분석』(종로서적, 1987)을 들 수 있다. 여러 작가의 작품을 한 작품씩 구조주의

---

1) 박철희 · 김시태 엮음, 『문예비평론』, 문학과 비평사, 1988, 21쪽.

이론으로 분석한 이 책은 이론과 실제라는 점에서 주목할 만한 도서이다. 이러한 시 분석 방법을 '이론적 방법'이라 명명하여 검토해 보겠다.

> 이 책은 문학의 구조적 특성, 특히 시작품의 구조적 특성을 좀더 면밀하게 따지는 일을 목표로 한다. …중략… 문학의 세계는, 비록 절대적인 것은 아니지만, 나름대로의 독특한 자율적 체계를 소유한다. 절대적 자율성의 체계가 아니라 상대적 자율성의 체계이지만, 내가 그 동안 관심을 기울인 부분이 바로 이 자율성의 문제였다. 그것은 문학 작품을 문학 작품 자체로 보려는 태도, 그러니까 소위 무엇이 문학 작품을 문학 작품이 되게 하는가에 대한 궁금증과 관련된다. 그 동안 내가 문학의 형식과 구조에 남다른 관심을 가졌던 것은 이러한 사정을 전제로 한다.
>
> 이승훈, 『한국시의 구조 분석』, 종로서적, 1987.

이 책의 체제는 크게 세 부분으로 이루어진다. 제1부에는 구조주의에 대한 간략한 이론들을 모았다. 제2부는 시 작품의 구조를 집중적으로 분석했고, 제3부에는 시인들의 상상력을 다룬 글들을 모았다. 여기서 시인들의 상상력에 대한 오해를 가질 수 있다. 그래서 이승훈은 "상상력이란 제멋대로 노는 정신 행위가 아니라, 어디까지나 나름대로의 주관을 지닌다는 것이 나의 생각이다."[2]라고 언급하고 있다. 인용글과 책의 체재에서 보듯이 이승훈은 철저하게 이론적 바탕 위에서 구체적인 작품 분석을 시도한 것이다.

가령, 김소월의 「진달래꽃」, 윤동주의 「서시」, 박목월의 「나그

---

2) 이승훈, 『한국시의 구조 분석』의 <머리말>, 종로서적, 1987.

네」, 「이별가」, 김춘수의 「꽃」, 김종길의 「성탄제」 등 한국 명시들을 구조적으로 접근하여 분석하였다. 한 작품을 실제 분석한 예를 인용하여 정리하면 다음과 같다.

가) 작품

나보기가 역겨워
가실 때에는
말없이 고이 보내드리우리다

영변에 약산
진달래꽃
아름따다 가실 길에 뿌리우리다

가시는 걸음걸음
놓인 그 꽃을
사뿐이 즈려 밟고 가시옵소서

나보기가 역겨워
가실 때에는
죽어도 아니 눈물 흘리우리다

나) 분석의 예

한 편의 시를 정독한다는 것은 그 시를 형성하는 언어적 요소들의 상관 관계에 유념하면서 시를 읽는 행위에 지나지 않는다. …중략… 좀더 구체적으로 말하면, 시의 언어적 요소들, 곧 음운론·어휘론·통사론·의미론의 차원에 걸쳐 어떤 요소든 그것은 관계의 그물을 형성한다. 이러한 관계 그물을 그 동안 우리는 유기적 형식이니, 구조니, 통일성의 세계니 하고 불러 왔다. 리취(Leech)는 이러한 관계의 그물을 응집(cohesion)이라고 부른 바 있다. 이 글에서는 그의 방법을 염두에 두면서 「진달래꽃」을 분석하기로 한다.

　첫째로 위의 시에서 두드러지는 문법적 응집으로는 먼저 시제의 문제를 생각할 수 있다. 이 시의 시제는 네 연 모두가 미래 시제로 되어 있다. 1연의 <보내드리우리다>, 2연의 <뿌리우리다>, 3연의 <가시옵소서>, 4연의 <흘리우리다>가 그렇다. 네 연 모두가 미래 시제로 되어 있다고는 하지만 좀 더 찬찬히 살펴보면, 같은 미래 시제로 되어 있다고 하더라도, 형태론적 차원에서는 1, 2, 4연이 동일하고, 3연은 이상 세 연의 그것과 다른 형태론적 특성을 보여 준다. …중략… 이러한 형태론적 특성은, 이 시의 시제가 미래 시제로 되어 있지만, 그 미래의 시간 속에서 1, 2, 4연과 3연이 어떤 체계를 형성함을 의미한다. 1, 2, 4연에서는 <화자의 행위>가, 3연에서는 <님의 행위>가 기술된다. 뿐만 아니라 전자에서는 겸양의 태도가, 후자에서는 겸양과 존대의 태도가 나타난다.

이승훈, 앞의 책, 122~123쪽.

　위의 인용에서 보듯이 한 작품에 대한 그의 언어구조주의 관점에서 치밀하게 분석하고 있음을 알 수 있다.

　이승훈의 『한국시의 구조 분석』은 하나의 방법론에 여러 작가들의 작품을 이론적으로 접근하여 분석하고 있다. 이는 분석이 가지게 되는 근원적인 문제점을 해결할 수 있다. 근원적인 문제점과 해결 방법은 다음과 같이 정리할 수 있다.

　첫째, 한 작품마다 가지게 되는 작품의 독자성을 평가할 때 하나의 이론으로만 접근하는 문제점이 있다. 둘째, 분석 대상에 대한 연구자의 주관적 평가보다는 분석의 객관성을 확보할 수 있다. 셋째, 하나의 방법론으로 시 텍스트를 분석하게 되면 여러 작품을 비교할 수 있다는 장점이 있다. 물론 도식주의라는 비난을 얼마만큼 벗어날 수 있는지는 고민해야 한다.

무속 이론으로 현대시를 분석한 이몽희의 『한국현대시의 무속적 연구』(집문당, 1990)도 하나의 방법론으로 여러 작품을 분석한 예이다. 이와는 달리 송욱의 『님의 침묵 – 전편해설』(과학사, 1974)은 하나의 이론에 한 작가의 전 작품을 분석하고 있다. 또 김준오의 『시론』(상지원, 1982)은 시 분석에 대한 이론 정립과 작품을 실제 분석한 경우이다. 이외에도 기호학의 관점에서 개별 작품 분석에 대한 논의를 보여 준 동시영의 『현대시의 기호학』(미리내, 2002)도 참고할 만하다. 그리고 C. R. Reaske의 『How to analyze poetry』(1966)의 시 해석의 방법(기초적 해석 / 심화 해석)을 한국 현대시의 실제 분석으로 보여 준 최동호의 『시의 해석』(새문사, 1985)도 참고 자료이다.

2. 해설과 평설

한 작품에 대한 깊이 있는 분석보다는 시 전체적인 해석을 한 경우, '해설' 또는 '평설'이라 한다. 치밀하거나 논증적이기보다는 비평가의 감각이 앞서는 경우이다. 이론적 토대의 분석과 차이가 있기 때문에 감각적이라고 할 수 있을 것이다. 가령 비평가 정효구의 『시 읽는 기쁨』(1～2권, 작가정신, 2001 / 2003), 시인 신경림의 『신경림의 시인을 찾아서』(우리교육, 1998), 시인이면서 시론가인 정한모 편의 『한국대표시평설』(문학세계사, 1995)의 경우가 대표적이다. 또 박철희·김시태의 『현대시의 이해』(문학과 비평사, 1988), 김홍규의 『한국현대시를 찾아서』(한샘, 1992 / 개정증보판) 등이 있다. 해설의 한 보기를 들면 다음과 같다.

가) 작품

晋州장터 생魚物전에는
바다밑이 깔리는 해다진 어스름을,

울엄매의 장사끝에 남은 고기 몇 마리의
빛 發하는 눈깔들이 속절없이
銀錢만큼 손 안 닿는 恨이던가
울엄매 울엄매,

별밭은 또 그리 멀리
우리 오누이의 머리 맞댄 골방 안 되어
손시리게 떨던가 손시리게 떨던가

晋州南江 맑다해도
오명 가명
신새벽이나 밤빛에 보는 것을,
울엄매의 마음은 어떠했을꼬,
달빛 받은 옹기전의 옹기들같이
말없이 글썽이고 반짝이던 것인가.

박재삼, 「추억」.

나) 분석의 예

박재삼의 「추억」은 그의 첫 시집(1962)에 게재되었다가 일곱 번째 시집(1983)에 재수록되기도 한 대표작의 하나라 할 수 있다. 이 작품은 박재삼의 시가 갖는 전반적인 정조―恨, 향토성, 회상의 정 등이 잘 나타나면서 정황적 이미지를 통하여 정서가 풍부하고 사실감있게 표현되는 모범적인 시법을 보여 준다 할 수 있다.

진주 장터 생어물전, 울엄매, 오누이의 골방, 진주남강, 옹기전의 옹기들 같은 이미지가 향토적인 분위기를 자아낸다면 이 시의 정서적 배경(1연)과 어머니의 쓸쓸한 어물전(2연), 가난한 집안의 추운 오누이(3연), 어머니와 화자간 슬픔의 일체화(4연)에 이르는 표출 정서는 한(恨)의 회상에 생생한 동정을 느끼게 한다. 회상의 정서가 오늘의 독자에게도 사실감 있고 친숙하게 닿을 수 있는 것은 이 시의 어휘적, 정황적 이미지가 개성과 친숙성을 동시에 지닌 덕분이기도 하겠지만 이 시의 형식적 구조가 주는 일상 문법에서의 이탈과 그 이탈을 낯익게 하는 음성적 운율적 소박성과 평면성 덕분이라고도 할 것이다.

신진, 「가난의 恨에 관한 회상적 미학」, 『현대시의 이해』,
문학과 비평사, 1988, 281~285쪽.

위의 내용 외에도 이 시를 각 행이 두 마디로 읽으면서 음절이 목청을 닫지 않은 채 연결적으로 낭독 가능하다는 점과 시인의 자유 어법의 구사를 들 수 있다. 이처럼 평설과 해설은 구체성을 띠고 경우도 있지만 어떤 일정한 틀을 가지고 시 분석을 하는 것은 아니다. <이론적 방법>의 경우, 이론적인 체계 위에서 작품을 분석하지만 <해설 또는 평설>은 시의 특징을 통해 시를 평가하고 있다. 앞의 두 방법을 간단히 정리하면 다음과 같다.

구 별	이론적 방법	해설 또는 평설
방 법	특정한 이론(예: 구조주의, 형식주의 등)으로 작품 분석	시 특징을 중심으로 작품 분석
실제 분석의 예	첫째로 위의 시에서 두드러지는 문법적 응집으로는 먼저 시제의 문제를 생각할 수 있다. 이 시의 시제는 네 연 모두가 미래 시제로 되어 있다. 1연의 <보내드리우리다>, 2연의 <뿌리우리다>, 3연의 <가시옵소서>, 4연의 <흘리우리다>가 그렇다. 네 연 모두가 미래 시제로 되어 있다고는 하지만 좀 더 찬찬히 살펴보면, 같은 미래 시제로 되어 있다고 하더라도, 형태론적 차원에서는 1, 2, 4연이 동일하고, 3연은 이상 세 연의 그것과 다른 형태론적 특성을 보여 준다.	진주 장터 생어물전, 울엄매, 오누이의 골방, 진주남강, 옹기전의 옹기들 같은 이미지가 향토적인 분위기를 자아낸다면 이 시의 정서적 배경(1연)과 어머니의 쓸쓸한 어물전(2연), 가난한 집안의 추운 오누이(3연), 어머니와 화자 간 슬픔의 일체화(4연)에 이르는 표출 정서는 한(恨)의 회상에 생생한 동정을 느끼게 한다.
공통점	① 시의 주제 파악	② 시의 특징 파악

표에서 보는 바와 같이, <이론적 방법>은 선행 이론을 터득하여 실제 분석을 접목해야 하고, <해설 또는 평설>은 평자의 경우 감각이 돋보이는 기술을 하게 된다. 이 두 방법론에서 <작품성>을 제대로 읽어내지 못하게 되면 평으로서 가치는 그만큼 상실하게 된다. 따라서 평이 가지게 되는 맹점을 반드시 짚어야 한다.

본고에서는 크게 내재적 방법을 두 형태로 나누고자 한다. 이미 필자는 외재적 방법의 대표적인 작가 연구에 대한 논의를 출판했었다. 여기서는 내재적 방법론만을 검토하고자 한다.

제 3 장

분석 방법의 모형과 실제

▌제3장▐ 분석 방법의 모형과 실제

　시 텍스트의 선정도 까다롭지만 선정 이후 분석한다는 것도 결코 쉬운 일이 아니다. 더구나 각 작품마다 특성이 있기에 이를 하나의 통일된 방식으로 접근해야 한다는 것도 무리다. 최근에 유종호는 『시 읽기의 방법』을 통해 현대시 분석의 태도를 다음과 같이 말하고 있다.

　좋은 시가 저마다의 방식으로 빛나고 있기 때문에 그 해석과 설명도 획일적일 수는 없다. 개개 작품의 독자성을 존중하면서 반듯하게 성취된 됨됨이의 이모저모를 음미하고 분석하고 있다. 따라서 작품 접근의 방법적 동일성은 처음부터 의도하지 않았다. 정상에 이르는 지름길은 작품마다 다를 수밖에 없다고 생각한 까닭도 있지만 한편으로 작품 접근의 다양한 가능성을 보여주고 싶었기 때문이기도 하다. 모든 훌륭한 문학 작품은 크건 작건 사람살이와 세상에 대한 독자적인 발견을 보여주고 있고 또 언어적 세목에서 새로운 발명을 보여주고 있다.

유종호, 「책머리에」, 『시 읽기의 방법』, 삶과 꿈, 2005, 6쪽.

좋은 작품에 대한 해석과 설명이 획일적일 수 없다는 유종호의 지적에도 불구하고 필자는 모든 작품을 분석하는데 기본적인 방법을 정리할 필요가 있다고 생각한다. 물론 시가 갖는 문학성을 간파하는 분석 태도가 필요하지만 이는 연구자들의 섬세한 감각이다. 이를 제외하고 기본적으로 작품 분석을 하는 방법은 필요하다고 판단하기 때문에 이에 대한 몇 가지를 정리하고자 한다.

필자는 시 분석의 방향을 크게 네 방향을 잡고자 한다. 우선 작품에서 중요한 지배소(支配素)나 수사법을 통해 시를 분석하는 방법이다. 이는 시의 특정 부분을 선택해서 시 전체에 접근하는 <선택(選擇) - 확대의 방법>이고, 또 다른 하나는 작품의 첫 행부터 시작해서 점점 확대 해석하는 <선행(先行) - 확대의 방법>으로 작품의 첫 행에서부터 시작하는 구조(構造) 선행의 방법과 작품 외부의 정보, 즉 작가의 정보를 통해서 작품을 해석하는 작가 선행의 방법이 있다. 또 이 둘을 결합한 종합적 방법이 있다. 그리고 일정한 이론적인 틀로 시를 분석하는 <이론 접목의 방법>이 있다. 여기에는 시 분석에 필요한 '단일 이론의 접목'과 '복합 이론의 접목' 방법이 있다. 이를 간단히 정리하면 다음과 같다.

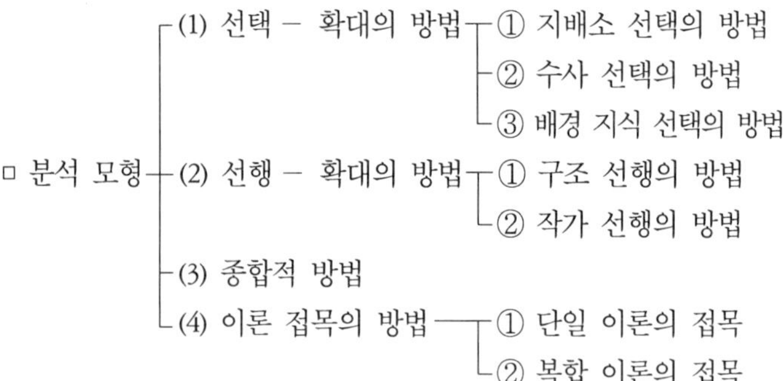

위의 표에 따라 ① 분석의 틀 – 분석에 따른 개념 정의, ② 분석의 실제를 순서대로 제시할 것이다.

1. 선택(選擇) – 확대의 방법

<선택(選擇) – 확대의 방법>이란 텍스트 선정 다음에 시의 주제를 파악할 수 있는 중요한 시어를 시 내부에서 선택해서 시 전체로 확대 분석하는 것을 말한다. 주제를 파악할 수 있는 시어란, 시의 주제를 집약한 지배소를 선택하는 것이다. 또 시의 주제를 집약한 수사의 장치(수사법)를 선택하는 것이고, 시 분석에서 필요한 배경 지식을 선택하는 방법이 있다.

1.1. 지배소(支配素) 선택의 방법

1) 분석의 틀

지배소(支配素)란 시에서 주제를 포괄할 수 있는 시어를 말한다. 즉 시 분석에서 가장 중요한 시어를 말한다. 시어의 선택은 다분히 자의적 해석에 빠질 우려가 있다. 그래서 시어의 중요성을 판단하는 안목이 필요하다. 왜냐하면 지배소의 선택은 시 해석의 방향이 결정되기 때문이다. 현대시 해석의 모형을 몇 가지로 설정한 김창원은 <지배소 탐색 – 비유적 해석 모형의 작용 양상>을 다

음과 같이 정리하고 있다.[1]

> 지배소는 하나의 어휘와 관련된 비유적 의미일 수도 있고, 구절의
> 형태를 띨 수도 있다. 어떤 경우에는 언표되지 않은 채 다만 암시될
> 뿐인 상황이나 사건, 정조일 수도 있으며, 둘 이상의 텍스트 기호가
> 동등한 자격으로 지배력을 행사할 수도 있다. 그런 때는 그들 사이의
> 관계가 지배소가 된다.
>
> 김창원, <지배소 탐색>, 「시텍스트 해석 모형의 작용 양상」,
> 『시교육과 텍스트 해석』, 서울대학교 출판부, 1995, 133쪽.

위와 같이 정리하면, 지배소의 범위가 상당히 넓게 번져 있을 수
있기 때문에 필자는 '작품 내부에서 시 해석의 가장 중요한 모티브
를 지배소'로 한정하고자 한다.

지배소를 선택하는 방법은 시어 가운데 특히, 중요하면서도 반
복되는 이미지의 중심을 찾아야 한다. 이미지를 만들고 이에 따르
는 부속 이미지군을 찾아 해석하는 방법이다. 예를 들어 설명하면
다음과 같다.

```
1연 1행 : ..................................
   2행 : ..................................
   3행 : ... (지배소) ..................
   4행 : ..................................
```

---

1) ① 비유적 해석 모형의 작용 양상, ② 반어적 해석 모형의 작용 양상, ③ 서술
   적 해석 모형의 작용 양상, ④ 대화적 해석 모형의 작용 양상 등으로 설명하
   고 있다(「시텍스트 해석 모형의 작용 양상」, 『시교육과 텍스트 해석』, 서울대
   학교출판부, 1995, 122~224쪽 참고).

2연 1행 : ……………………………………
  2행 : ………… (지배소) …………
  3행 : ……………………………………
  4행 : ……………………………………

위의 시의 경우, 1연의 3행이 이 시의 중요한 시어라고 판단되면 이를 바탕으로 하여 연상되는 이미지를 찾아 분석하면 된다. 그리고 1연의 주제를 찾고, 같은 방법으로 2연의 지배소를 찾아 연의 주제를 찾아 분석하는 방법이다. 그리고 1연의 주제와 2연의 주제의 공통분모를 정리하여 주제를 파악하면 된다. 몇 작품을 분석해 보자.

2) 분석의 실제 (1) : 지배소의 명시

이승하의 「꽃의 힘」과 정일근의 「청도, 방음리에서 듣다」를 실제 분석해 보자.[2]

우선 이승하 시 전문을 인용하면 다음과 같다.

꽃피울 줄 모르는 듯
봄이나 겨울이나 그 모습 그대로
죽은 듯이 네 해를
살아있던 **호접란**
그대 깊이 병들어
남은 날을 헤아리게 된 오늘에사
화花, 알,

---

2) 졸고, 「시의 맛」, 『비평과 삶의 감각』, 역락, 2004, 30~34쪽 참고.

짝으로 피어
눈부시네
나 몰래 숨어 있던
난초의 힘이 얼마나 강력했으면
정성이 얼마나 간절했으면
저렇게 **꽃**, 피우고 있을까
기다리고 기다려
빛 왈칵 쏟아놓고 있으니
병 깊은 그대
몇 날만 더 살아주어야겠네.

이승하, 「꽃의 힘」, 『뼈아픈 별을 찾아서』, 시와 시학사, 2001.

위의 시 경우, 전체 2연 중 1연은 9행, 2연은 8행으로 구성되어 있다. 이 가운데 시의 주제를 파악할 수 있는 지배적인 시어는 1연은 두 군데, 2연도 두 군데 정도이다. 그래서 1연을 두 개의 지배소를 중심으로 시 분석을 해야 한다. 마찬가지로 2연도 같다. 이를 도식화 시켜보면 다음과 같다.

1연 1행 : (꽃 : 1차 지배소) ··········
　　2행 : ································
　　3행 : ································
　　4행 : (호접란 : 2차 지배소) ····
　　5행 : ································
　　6행 : ································
　　7행 : ································
　　8행 : ································
　　9행 : ································

<pre>
2연 1행 : ………………………………
   2행 : (난초 : 3차 지배소) ……
   3행 : ………………………………
   4행 : (꽃 : 4차 지배소) ………
   5행 : ………………………………
   6행 : ………………………………
   7행 : ………………………………
   8행 : ………………………………
</pre>

시에서 보듯이 1연의 1행에서 <꽃>이 이 시를 이해하는데 지배소임을 알 수 있다. 이것을 1차 지배소라고 하자. 그런데 <꽃> 가운데 <호접란>이라는 구체적인 시어가 이 시에서 중요한 지배소임을 알 수 있다. 이것을 2차 지배소라고 하자. 여기서 <호접란>을 중심으로 시 분석을 시도한다. 그리고 1연과 2연의 2행의 관계를 <난초>라고 하는 3차 지배소와 4행의 <꽃>의 4차 지배소와 연관시킬 수 있다. 따라서 꽃을 중심으로 시 분석을 하는 것이다. 그 가운데 2차 지배소인 호접란을 중심으로 시 분석을 해야 한다. 호접란은 계절마다 꽃을 피우는 것과는 달리 네 해 동안 죽은 듯이 지내다가 꽃을 피우기 때문에 상당히 더디게 핀다는 것을 알 수 있다. 그래서 "화花, 알, / 짝" 피었다고 함으로써 호접란의 인고의 세월을 찾을 수 있다. 여기서 세상에 대한 시인의 시선을 이끌어 낼 수 있다.

대상에 대한 편견 혹은 세상의 속설들을 새롭게 해석하는 시인의 시각을 볼 수 있는 것이다. 고진감래(苦盡甘來)라고나 할까. 1연의 주제를 인고의 세월을 견딘 호접란의 개화라고 할 수 있다. 그리고 2연의 3차 지배소인 난초, 4차 지배소인 꽃을 중심으로 해석할 수 있는 것이다. 사실 1연에서 보통 사람들이 죽은 듯이 보이는 꽃을 시인은 기다리고 기다리던 빛을 왈칵 쏟아 놓았다고 하는 것을 볼 때, 시인은 여기서 꽃의 힘을 발견한 것이다. 그래서 병이 깊은 세상 사람들에게 "몇 날만 더 살아주어야겠네"라고 말 할 수 있는 것이다. 2연의 주제는 고통의 세월을 참고 기다림으로 정할 수 있다. 따라서 전체 주제를 <인고의 세월 속에 핀 호접란 같은 삶의 지향>이라고 할 수 있다.

다음은 시에 대한 해설이다.

하루가 힘들지 않는 이가 있으랴! 한 해가 힘들지 않는 이 몇이랴! 삶을 치열하게 살다보면 더욱 고달픈 것을, 더욱 좌절하게 되는 것을. 그러나 내일은 <화알짝> 꽃 필 것을 기대하기 때문에 오늘을 살아가는 것이 아닐까? 계절이 여러 번 변하더라도 <그 모습 그대로> 지내는 것이 얼마나 힘드는 것인지. 그러나 변하지 않고 <그 모습 그대로> 있는 것이 마치 <깊이 병들어> 있는 것처럼 보일 것이다. 그래서 <남은 날을 헤아리게 된 오늘>, 그 절망처럼 보이는 순간, <화, 알, 짝> 짝으로 피어 눈부시는 호접란, <그 모습 그대로> 살아간다면 그 호접란처럼 우리 인생이 빛나지 않을까? 우리는 <기다리고 기다려>야 <빛 왈칵 쏟아> 놓을 수 있으니, 힘든 하루, 힘든 삶의 시간 위에 <몇 날만 더 살아>야 할 것이 아닌가? 그래서 우리의 삶이 <화花, 알, 짝>, 나비 모양의 꽃처럼 화알짝, 영롱한 알처럼, 짝으로 피는 호접란처럼 빛날 것이다.

위의 시에 대한 지배소 선택의 방법과 해설의 차이는 지배소를 중심으로 시의 주제를 파악하는 것이고, 시 전체의 감상을 통해 주제를 파악하는 방법이다.

또 한 편의 인용을 통해서 지배소 선택의 방법을 살펴보자.

3) 분석의 실제 (2) : 지배소의 유추

시에서 지배소를 쉽게 파악할 수도 있지만 지배소가 시어로 표시되지 않아 유추해서 분석할 경우도 있다. 이럴 경우 시제에서 혹은 시의 주제를 암시하는 시어에서 유추하는 방법을 선택해야 한다. 정일근의 시를 통해 살펴보자.

정일근은 지역 시단에서 활동하는 시인이다. 그러나 그의 시에 대한 지역의 평가가 미흡한 것도 사실이다.

> 아침이면 동촌 할머니 콩밭 푸른 콩잎들 깨끗한 햇살 한줌
> 놓치지 않으려고 쑥쑥 손바닥 펼치는 소리 들었습니다.
>
> 한낮 마당 가득 옥양목玉洋木 흰 빨래 속 맑은 물기가 뽀도
> 록 뽀도록 마르는 소리 들었습니다.
>
> 저물 무렵 그대와의 저녁밥상을 위해 맑은 샘물을 길어 담
> 근 쌀들이 편안하게 붇어나는 소리 들었습니다.
>
> 정일근, 「청도, 방음리에서 듣다」, 『누구도 마침표를 찍지 못한다』,
> 시와 시학사, 2001.

앞의 시를 기호로 표시하면 다음과 같다.

1연 1행 : ……………………………………………………
　　 2행 : ……………………………………………………

2연 1행 : ……………………………………
    2행 : ……………………………………

3연 1행 : ……………………………………
    2행 : ……………………………………

앞의 시(지배소 명시)와 다른 점은 지배소가 시 작품에서 눈에 띄지 않는다는 점이다. 이럴 경우 어떻게 지배소를 선택할 것인가를 고민해야 한다. 부득이 시 제목에서 지배소를 선택하는 수밖에 없다. 왜냐하면 시 제목이 시 전체의 의미를 구성하는 데 중요하게 작용하기 때문이다. 제목이 「청도, 방음리에서 듣다」인데, 여기서 <청도에서 들은 것>이 이 시의 지배소라 할 수 있다. 즉 청도에서 들은 것이 3연 각 2행의 내용인 것이다. 청도 방음리에서 들은 내용이 무엇인가라고 할 때, 그 무엇인가에 걸리는 것이 지배소라 할 수 있다.

한 작품에서 지배소를 구별할 때, 크게 세 가지로 나누어 볼 수 있다.

* **전체 지배소** = 시간적 지배소 + 공간적 지배소 + 사건의 지배소

위와 같이 나눌 때, 시간적 지배소는 시상 전개로 보아 <아침 → 점심 → 저녁>이다. 이 시간의 변화에 따라 사건의 변화가 있다. 공간적 지배소는 당연히 청도 방음리이다. 여기서 시간적 변화 속에서 어떤 변화를 이야기하는 지를 찾아야 한다. 위 시에 대한 지배소를 정리하면 다음과 같다.

전체 지배소(청도 방음리에서 들은 내용)			
연 / 행	시 간	공 간	사 건
1연 / 1행	아침	콩밭	할머니의 밭일(을)
2행			**들었다**
2연 / 1행	한낮	마당	옥양목 빨래 마름(을)
2행			**들었다**
3연 / 1행	저물 무렵	(집안)	밥하는 일(을)
2행			**들었다**

위의 시는 방음리의 일상적인 삶의 풍경을 그린 작품이다. 이런 풍경을 시인은 들었다라는 청각적인 이미지로 표현했다. 즉 시각적인 삶의 세계를 청각적인, 깨달음의 세계로 표현한 것이다. 이처럼 지배소를 어디에 두느냐는 매우 중요한 것이다.

그리고 다음은 시에 대한 일반적 감상을 적은 글이다.

정일근 시인의 여섯 번째 시집 『누구도 마침표를 찍지 못한다』는 그가 죽음의 문턱에서 돌아와 쏟아 부은 시이기 때문에 그 어느 시보다도 생(生)의 감각이 살아있는 시집이라 볼 수 있다. 그는 죽음 뒤의 세상이 궁금한 것보다 이승의 삶에 더 질긴 궁금증을 가지고 있다. 그래서 시인은 이승에서 더 들으려고 하고, 더 알려고 하고, 더 깨달으려고 안간힘을 쓰는 것이다. 시인은 시각적인 '보는 행위'보다 이제 성숙된 자세로 삶의 느낌들을 강하게 듣고자 한다. 이러한 들음의 세계를 보여 주는 한 작품으로 「청도, 방음리에서 듣다」를 꼽을 수 있다. 우선 1연에서 보이는 '햇살'은 생명의 소리이며 성장의 소리이다. 1연에서의 <아침>이 2연에선 <한낮(점심)>으로, 3연에서는 <저녁(저물 무렵)>으로 시간적 변화를 보여 주고 있다. 이런 시간적 변화를 시인은 <들었습니다>라고 표현하고 있다. 이는 분명 눈으로 아침·한낮·저녁의 변화를 쉽게 볼 수 있는 것을 시인은 이를 들었다고 말한다. 시상 전개로 보아 아침 → 점심 → 저녁으로 온 종일의 시각적 변화를 시인은 듣는 것으로 생의 감각을 움직이고 있다. 이는 삶의 교감을 <들었습니다>라고 표현한 것에서 극명하게 알 수 있다. 그의 듣는 행위는 가족주의에서만 머문 것이 아니라, 자연의 변화를 보여 주는 물소리에서도 시인은 듣고 있다. 그 자연의 변화를 통해 표현된 들음의 세계는 그의 시집에 숨겨져 있다.

위의 시에 대한 분석은 숨겨진 지배소를 찾아 시의 주제를 파악한 것이고, 감상은 시인의 삶과 관련하여 시를 이해하는 것이다. 위의 지배소 선택 방법의 경우 대표적인 예는 만해의 『님의 침묵』에서 님의 정체성을 파악하는 것이다. 따라서 님의 정체성이 지배소이기 때문에 님을 중심으로 해석해야 한다. 그러나 드러나지 않는 경우에는 작품의 제목이나 시의 주제를 유추해서 찾아야 한다.

1.2. 수사(修辭) 선택의 방법

시의 특징은 수사법에 있다. 따라서 시 세계를 파악하는 방법 가운데 하나는 시에 표현된 수사법의 특징을 파악하는 방법이다. 본고에서는 시의 가장 기본적인 방법 가운데 하나인 직유, 은유를 통해 주제를 밝히는 방법을 알아보겠다.

1) 분석의 틀

수사법 방법은 다음 장에서 다루게 될 이론 접목의 방법과 유사성이 있다. 수사에 관한 이론을 바탕으로 시 분석을 한다는 점에서 공통점이 있는 것이다. 그러나 엄밀하게 따져 보면 수사의 방법은 항상 일정한 수사법으로 시 분석을 시도하지만 이론 접목의 방법은 시 대상마다 다른 이론의 접목이 정립되어야 한다는 점에서 차이가 있다. 실제 시 분석을 통해 차이를 살펴보자.

시의 특징 가운데 하나는 수사적 장치이다. 시인은 주제를 표현하는 방법 가운데 수사적 장치를 사용한다. 그래서 시의 주제를 파악하는 방법으로 시 텍스트 가운데 수사적 장치를 파악해야 한다. 어떤 방법론이든지 절대적이지는 않지만 그 작품만이 가진 독특한 수사 장치를 파악하여 시 분석을 시도하는 것도 한 방법이다. 본고에서는 직유와 은유의 예를 들어 설명하고자 한다.

1연 1행 : ································
　　2행 : ································
　　3행 : ········(수사의 장치)········
　　4행 : ································

2연 1행 : ································
　　2행 : ································
　　3행 : ································
　　4행 : ········(수사의 장치)········

내적 계단의 방법을 바탕으로 하되, 이 시의 뚜렷한 수사 장치를 파악하여 분석하는 경우이다. 즉 1연의 1행을 분석하되, 2행과 관련시켜 분석을 시도하는 방법이다. 그리고 3행에서 수사의 장치가 있다면 이를 통해 1행과 2행을 연관해서 시 분석을 시도하는 경우이다. 물론 수사의 장치가 여러 군데 드러나면 이를 반드시 짚고 가야하는 방법이다.[3]

그렇기 때문에 수사라 하더라도 단순한 것이 아니다. 직유법의 경우는 고전 수사학에서 필수였기에 단순하게 보일 수가 있다. 하지만 수사법의 체계를 낱낱이 이해하려고 한다면 굉장히 난해한 것이다. 그러나 시 분석에서는 수사의 장치를 시의 특징으로 보아 그 시의 주제를 파악하는데 절대적인 요소가 될 경우 분석을 시도해야 한다.[4] 그렇지 않으면 시행 혹은 연의 부분 해석에 얽매일 수 있다. 따라서 시 분석에서 수사의 장치에만 치우친 부분적 해석보다는 시 전체의 주제 해석을 하는 수사의 장치를 택해야 한다.

---

3) 필자는 시 분석을 위한 방법론을 산발적으로 출판한 적이 있다. 가령 「시의 난해성과 비유법」(『한국현대시의 탐색』, 역락, 2001, 315~340쪽)에서는 직유법과 은유법을 통해서 시 분석을 시도했다. 넓게 보면 수사법을 통한 시 분석 작업인 셈이었다. 이는 시 분석의 가장 전통적인 방법이다. 이 방법론이 갖는 문제점은 주시하다시피 작가를 전혀 도외시한다는 점이다. 그러나 작가 연구가 필요하기 때문에 필자는 이에 대한 연구서를 출판했었다(『작가연구방법론』, 역락, 2002).

4) 은유에 관한 이론적 검토는 김욱동의 『수사학이란 무엇인가』(민음사, 2002)와 박영순의 『한국어은유연구』(고려대출판부, 2000)를 참조하겠다. 김욱동은 "수사법의 종류를 어떤 학자는 적게는 100여 가지로 잡고, 또 어떤 학자는 많게는 200여 가지로 꼽는다. 그런가 하면 무려 300여 가지로 꼽는 학자도 있다."고 한다. 김욱동은 그의 책에서 "1) 소리에 따른 수사법, 2) 의미 전이에 따른 수사법, 3) 문장 구조에 따른 수사법, 4) 감정에 호소하는 수사법, 그리고 5) 상호텍스트적 수사법 등"을 구별하여 60여 가지 수사법을 정리했다.

2) 분석의 실제 (1) : 직유법의 경우

시에서 직유법[5]을 제대로 읽어 낸다면 시인의 시세계를 이해하는 방법이 될 것이다. 이제 이수복의 「봄비」를 직유법으로 분석하여 주제를 찾아보자.

이 비 그치면
내 마음 강나루 긴 언덕에
서러운 풀빛이 짙어 오것다.

---

[5] 현대시론 가운데 뉴 크리티시즘(New-Criticism)의 논의는 빠뜨릴 수 없다. 뉴 크리틱 논자 가운데 리챠즈(I. A. Richards)의 『The Philosophy of Rhetoric』에서 직유와 은유에 대한 기본적 개념인 원관념(原觀念, Tenor)과 보조관념(補助觀念, Vehicle)을 설명하고 있다. 여기에서는 원관념과 보조관념 사이에는 유사성(類似性, similarity)이 존재할 때 직유법이 발생한다고 한다. 보통 직유법(直喩法)을 원어로 simile라고 쓰는데, 여기서 명사형인 similarity가 파생할 때의 뜻이 유사성(類似性)이다. 따라서 시에 있어 원관념과 보조관념 사이의 유사성을 전제로 하여 직유가 이루어진다고 할 수 있다. 시에 이런 직유의 형태를 찾는 것은 시의 주제를 찾는 데 대단히 유용한 방법론이다.
뉴 크리티시즘(New-Criticism)에 대한 이해는 다음 글을 참고.
김용권, 「뉴 크리티시즘」, ≪문학예술≫, 1967. 4~6.
______, 「뉴 크리티시즘과 한국비평문학」, ≪자유문학≫, 1960. 10.
구인환, 「신비평의 양상」, 『한국 문학과 그 양상과 지표』, 삼영사, 1978.
백 철, 「뉴 크리티시즘에 대하여」, ≪문학예술≫, 1956, 11.
______, 「클리언스 브룩스- 비평정신의 모색」, ≪사상계≫, 1957. 11.
______, 「I. A. 리챠즈와의 문학 대화」, ≪사상계≫, 1958. 5.
______, 「뉴크리티시즘의 제문제」, ≪사상계≫, 1958. 11.
______, 「뉴 크리티시즘의 행방」, ≪세대≫, 1966. 2.
브룩스(이경수 역), 『잘 빚어진 항아리』, 홍성사, 1983.
______(이영걸 옮김), 『숨은 신』, 명문당, 1994.
이상섭, 『뉴 크리티시즘』, 민음사, 1990.
______, 『언어와 상상』, 문학과 지성사, 1991.
______, 『자세히 읽기로서의 비평』, 문학과 지성사, 1988.
Grant Webster(정태진 역), 『뉴 크리티시즘- 신비평의 이론과 실제』, 원광대학교 출판부, 1989.

푸르른 보리밭길
맑은 하늘에
종달새만 무어라고 지껄이것다.

이 비 그치면
시새워 벙글어질 고운 꽃밭 속
처녀애들 짝하여 새로이 서고,

임 앞에 타오르는
향연(香煙)과 같이
땅에선 또 아지랭이 타오르것다.

『봄비』, 1969.

이 시를 도식화시켜 보면 다음과 같다.

1연 1행 : ⋯⋯⋯⋯⋯⋯⋯⋯⋯⋯⋯⋯
  2행 : ⋯⋯⋯⋯⋯⋯⋯⋯⋯⋯⋯
  3행 : ⋯⋯⋯⋯⋯⋯⋯⋯⋯⋯⋯

2연 1행 : ⋯⋯⋯⋯⋯⋯⋯⋯⋯⋯⋯⋯
  2행 : ⋯⋯⋯⋯⋯⋯⋯⋯⋯⋯⋯
  3행 : ⋯⋯⋯⋯⋯⋯⋯⋯⋯⋯⋯

3연 1행 : ⋯⋯⋯⋯⋯⋯⋯⋯⋯⋯⋯
  2행 : ⋯⋯⋯⋯⋯⋯⋯⋯⋯⋯
  3행 : ⋯⋯⋯⋯⋯⋯⋯⋯⋯⋯⋯

4연 1행 : ⋯⋯⋯⋯⋯⋯⋯⋯⋯⋯
  2행 : ⋯⋯⋯ **(수사의 장치)** ⋯⋯⋯

3행 : ······· (수사의 장치) ·······

위 시에서 수사의 장치를 찾아보면, 4연에 직유법이 있음을 알
수 있다. 이 방법은 시의 어느 부분에 수사의 장치가 위치하든지
간에 이를 선택해서 시 전체를 해석하는 방법이다. 다만 시 전체
해석을 전제하지만 각 연마다 가지는 독자성을 한데 묶는다는 점
에서 다소 무리가 있다. 하지만 시 한 편이 가지는 고유한 주제를
이끌어 낸다는 점에서 대표성을 인정하고서 분석해야 한다.

위 시는 이수복 시인의 초기 시세계를 대표하는 작품이다. 이 시
에서 먼저 원관념인 '아지랑이', 보조관념인 '향연(香煙)'을 주목하여
보자. 직유법은 두 개념 사이에 유사성이 존재해야 한다. 우선 아지
랑이와 향불이 똑 같이 피어오른다는 형태상의 유사성을 주목해야
할 것이다. 봄에 강한 햇살을 쬔 지표면에서 투명한 불꽃처럼 피어
오르는 아지랑이는 생의 감각을 느끼게 한다. 그러나 향불은 인위
적으로 피운 불꽃에서 죽음에 대한 엄숙함 혹은 애도의 감각을 느
낄 수 있다. 보편적 삶의 질서에서 느끼는 생의 감각과 달리 시인
은 죽음이라는 삶의 통찰력을 꿰뚫어 보고 아지랑이와 향불을 비유
한 것이다. 이는 곧 임이 존재하지 않음을 보조 관념인 향연을 통
해서 보여 주고 있다. 시가 아닌 직설법의 경우는 <임이 존재하지
않는다>는 의미이다. 그러나 이 시는 직유법을 통해 삶의 슬픔을
읽을 수 있다.

이 시는 한 편의 풍경화를 연상시키듯이 봄비가 그친 뒤의 세상
을 생생하게 묘사하고 있다. 특히 생의 감각을 불어넣은 아지랑이
로부터 긴 강나루 풀빛, 푸른 보리밭길, 고운 꽃밭에서 느껴지는

봄날의 싱싱한 이미지와는 대조적으로 임의 부재에서 오는 애상적 정서를 향불을 통해 표현하고 있다. 각 연에서 봄의 생명력을 노래하지만, 그것은 오히려 임의 부재를 더욱 강렬하게 부각시키는 자유 모티브(free-motive)이다. 그래서 이 시의 주제는 '봄날의 애상'으로 정리할 수 있는 것이다.

3) 분석의 실제 (2) : 비연시(非聯詩)의 직유법의 경우

앞에서 언급한 「봄비」는 연 구별이 있지만 연 구별이 없는 비연시의 경우도 있다. 다 같이 수사를 선택해서 분석한다는 점은 공통점이다. 또 한 편의 시를 인용하여 직유법과 주제의 관련성을 찾아보자.

나의 무덤 앞에는 그 차가운 비(碑)ㅅ돌을 세우지 말라.
나의 무덤 주위에는 그 노오란 해바라기를 심어 달라.
그리고 해바라기의 긴 줄거리 사이로 끝없는 보리밭을 보여 달라.
노오란 해바라기는 늘 태양같이 태양같이 하던 화려한 나의 사랑
이라고 생각하라.
푸른 보리밭 사이로 하늘을 쏘는 노고지리가 있거든 아직도 날아
오르는 나의 꿈이라고 생각하라.
함형수, 「해바라기 비명(悲銘) — 청년 화가 L을 위하여」, 『시인부락』 창간호, 1936. 11.

위 시를 도식화시키면 다음과 같다.

    1연 1행 : ……………………………………
        2행 : ……………………………………


```
3행 : ……………………………………
4행 : ……… (수사의 장치) ………
5행 : ……………………………………
```


　연의 구별시보다는 지속성이 있기 때문에 시 전체로 확대하더라도 비교적 시 해석의 오류를 줄일 수 있다. 그러나 연의 구별시는 각 행 또는 각 연이 가지는 독자적인 주제를 수사의 장치와 관련해서 분석하기 때문에 다소 무리가 따를 수 있다는 것이다.

　위 시는 함형수가 생명파(生命派)로 분류된 그의 시세계를 보여주는 대표작이다. 함형수는 서정주, 김동리, 오장환과 함께 『시인부락』6)을 창간하였으며 시작 활동을 했던 1930년대 시인이다.7) 불행히도 함형수(咸亨洙)8)는 30여 편의 시를 남기고 심한 정신 착란증에 시달리다 해방 직후 30세로 요절하였다. 그의 독특한 시세계를 은유법으로 분석해 보겠다.

　위 시에서 원관념인 '노오란 해바라기'와 보조관념인 늘 '태양같

---

6) 시인부락(詩人部落) : 1936년 11월에 창간된 격월간 시가 중심의 문예동인지. A5판, 30~면 정도. 김달진(金達鎭)·김동리(金東里)·여상현(呂尙玄)·서정주(徐廷柱)·오장환(吳章煥)·함형수(咸亨洙) 등이 1937년 12월 통권 5호로 종간되었다. 편집인 겸 발행인은 1호는 서정주, 2호는 오장환이 맡았다. …중략… 순수문학으로 심화시켰고 생명적 절실성과 인간 생명의 구경적 경기까지를 탐구하여 '생명파'라는 새로운 명칭을 얻게 된다.

7) 김용직, 「제6장 ≪시인부락≫ 시대」, 『한국현대시사』(2), 한국문연, 1996, 29~48쪽 참고.

8) 1914년 함북 경성 출생. 1940년 ≪동아일보≫에 「마음」이 당선. 시집으로는 『해바라기 碑銘』(문학과 비평, 1989)이 있음. 그의 대표작인 「해바라기 碑銘」이 "일반적으로 유명해 진 것은, 해방 훨씬 뒤인 1950년에 이봉구(李鳳九)라는 작가가 월간 『문예』지에 「도정(道程)」이라는 실명소설을 쓰면서, 그 속에서 시인의 비참하고도 로맨틱한 생활을 얘기하고 「해바라기 碑銘」 전문을 소개하면서부터였다고 기억됩니다"(함형수의 「해바라기 碑銘」, 『우리 시의 이해』, 한길사, 1986, 170쪽).

이 태양같이'를 주목하여 보자. 이 시의 4행을 주목해 보면, 노오란 (색깔) 해바라기와의 공통점(유사성)이 노오란 태양임을 알 수 있고, 또한 해바라기와 태양의 둥근 형태상의 이미지에서도 그 유사성을 발견할 수 있다. 그래서 노오란 해바라기는 태양같다는 직유가 성립하는 것이다. 만물의 형상인 태양과 식물인 해바라기는 전혀 이질적인 사물이다. 그러면서도 태양이 갖고 있는 상징적 의미인 생명력이 첨가되면, 내 무덤 앞의 노오란 해바라기는 곧 생명력을 가진 이미지로 나타난다. 따라서 내 무덤 앞에 해바라기를 심어달라는 것은 죽음의 강한 부정이면서 동시에 생명에 대한 강한 집착이라 할 수 있다. 이는 생명파의 한 특징을 뚜렷이 보여 준 것이다.

4) 분석의 실제 (3) : 은유법의 경우

위의 시 분석은 하나의 원관념을 중심으로 대응되는 보조 관념이지만, 은유의 수사는 원관념 하나에 보조 관념이 여럿 있을 수 있다.

다음은 김춘수의 「나의 하나님」을 통해서 은유법[9]과 주제와의 관련성을 찾아보자.

---

9) 은유법인 Metaphor는 Meta와 phor(a)의 합성어이다. Meta는 beyond 혹은 over의 뜻 (초월, 넘어서서)이고, phor(a)는 carrying의 뜻(이동, 옮김)이다. 이를 정리하면 원관념을 보조관념으로 이동시킬 때, 일상적인 언어를 초월해서 표현하는 비유법이라는 뜻이다. 우선 우리가 익히 들었던 시 김동명의 「내 마음은 호수요」를 통해서 은유법의 원리를 알아보자. "내 마음은 호수요 / 그대 노 저어 오오"이 시에서 원관념은 내 마음이고, 보조관념은 호수이다. 일상적인 언어로 볼 때, 성립될 수 없는 표현이다. 왜냐하면 마음은 어떤 규정할 수 없는 추상적 개념이고, 호수는 구체적 자연 현상으로 어떤 관련성이 있지는 않기 때문이다. 그런데 시인은 이 둘의 관계를 은유법으로 사용하였다. 이는 마음(T)이 가지는 여러 성격 가운데 마음의 고요함에 상응하는 것을 잔잔한 호수(V)에 비유한 것이다. 이는 맥스 블랙(Max Black)이 말하는 상호작용론(interaction)이다. 이처럼 은유의

사랑하는 **나의 하나님**, **당신은**

늙은 **비애(悲哀)**다.

푸줏간에 걸린 커다란 살점이다.

시인(詩人) 릴케가 만난

슬라브 여자(女子)의 마음 속에 갈앉은

놋쇠 항아리다.

손바닥에 못을 박아 죽일 수도 없고 죽지도 않는

사랑하는 나의 하나님, 당신은 또

대낮에도 옷을 벗는 여리디 여린

순결(純潔)이다.

삼월(三月)에

젊은 느릅나무 잎새에서 이는

연두빛 **바람이다.**

『처용』, 1974.

위 시에서 수사의 장치를 찾아 도식화시키면 다음과 같다.

1연 1행 : ⋯⋯ (수사의 장치) ⋯⋯
　　 2행 : ⋯⋯ (수사의 장치) ⋯⋯
　　 3행 : ⋯⋯ (수사의 장치) ⋯⋯
　　 4행 : ⋯⋯⋯⋯⋯⋯⋯⋯⋯⋯⋯⋯⋯
　　 5행 : ⋯⋯⋯⋯⋯⋯⋯⋯⋯⋯⋯⋯⋯
　　 6행 : ⋯⋯ (수사의 장치) ⋯⋯

방법론이 시를 이해하는 틀이므로 시에 대한 이해의 선행 조건으로 알아두어야
한다. 또 휠라이트(Philip Wheelwright)에 따르면, 마음(T)을 호수(V)에 비유한 것
은 구체적이며 포착하기 쉬운 이미지를 석연치 않는 낯선 것으로 이동하여 표
현한 치환 은유(epiphora)로 설명될 수 있다. 이처럼 은유법은 일상적 언어로 표
현될 수 없다는 사실을 알아야 한다. 이 때문에 비일상적 언어의 비유를 통해
서 시가 창작되고, 이 때문에 현대시의 난해성이라는 문제와 부딪히는 것이다.
그러나 이 은유를 이해함으로써 시의 주제를 찾을 수 있는 것이다.

7행 : ··
8행 : ··
9행 : ··
10행 : ······ (수사의 장치) ······
11행 : ··
12행 : ··
13행 : ······ (수사의 장치) ······

앞의 시에서처럼 한 군데 수사의 장치가 있는 것이 아니라 여러 군데 수사의 장치가 있음을 알 수 있다. 여기서 수사의 장치를 통해서 이미지의 발상이 점진적으로 확대된다는 것을 알 수 있다.

이 시는 원관념이 하나인데, 보조관념이 여러 개임을 알 수 있다. 휠라이트(P. Wheelwright)는 이를 두고 치환(置換) 은유와 병치(竝置) 은유로 설명하고 있다. 치환 은유는 T = V인 경우(simple-Metaphor)이고, 병치 은유는 T = V1, V2, V3, V4…인 경우(mixed-Metaphor)이다. 이 시는 원관념인 하느님에 대해 보조관념은 <비애, 살점, 놋쇠 항아리, 순결, 바람> 등이다. 이는 원관념 하느님이 여러 형태의 이미지로 변환 병치된 은유이다. 병치 원리에 의해 만들어진 은유는 새로운 의미를 탄생하게 된다. 그래서 하느님이 "푸줏간에 걸린 커다란 살점"이라는 새로운 의미 탄생이 가능한 것이다. 이는 일상적인 논리를 초월해서 하느님의 절대 권능의 이미지를 보조관념을 통해서 보여 주기 위함이다. 즉 하느님의 이미지가 <비애, 살점, 놋쇠 항아리, 순결, 바람> 등으로 변화할 수 있는 것이다. 여기서 테이트(A. Tate)가 말한 시적 긴장(tension)이 일어나는 것이다.10)

5) 분석의 실제 (4) : 치환법(置換法)의 경우

시에서 수사의 장치는 엄청나다. 앞에서는 수십 개의 수사법 가
운데 몇 개의 예를 들어 설명했다. 여기서 한 작품의 예를 더 들고
자 한다.

> 치정(癡情) 같은 정치(政治)
> 상식이 병인 양하여
> 포주나 아내나
> 빚과 살붙이와
> 현금(現金)이 실현(實現)하는 현실(現實) 앞에서
> 다달은 낭떠러지!
>
> 송욱, 「何如之鄕-5」 중에서

1950년대 후반 한국 사회 현실에 대한 날카로운 비판을 보여 주었
던 송욱 시의 대표작 「何如之鄕」 연작 가운데 한 작품의 일부이다.
이 시를 '치환법'[11]으로 설명한 내용을 인용하면 다음과 같다.

---

10) 졸고, 「시의 난해성과 비유법」,『한국 현대시의 탐색』, 역락, 2001, 321~324쪽.
11) 치환법은 인접해 있는 두 말의 위치를 서로 바꾸어 놓음으로써 표현의 효과
    를 얻는 수사법을 말한다. 넓은 의미에서 전치법의 한 갈래로 볼 수 있는 이
    수사법은 교환법(交換法)이라고도 부른다. <잃어버린 조카의 장난감>이라고
    말할 것을 <조카의 잃어버린 장난감>이라고 말하거나, 이와는 반대로 <조
    카의 잃어버린 장난감>이라고 말할 것을 <잃어버린 조카의 장난감>이라고
    말하는 수사법이 바로 치환법이다. <잃어버린>이라는 형용사가 앞의 경우에
    서는 <조카>를 수식하지만 뒤의 경우에는 <장난감>을 수식한다. 조카를 잃
    어버렸다고 말하는 것과 장난감을 잃어버렸다고 말하는 것 사이에는 그 의
    미에서 엄청난 차이가 난다.
      치환법은 화자의 당황한 모습이나 혼란스런 정신 상태를 보여주기 위하여 주
    로 사용한다. 또한 이 수사법은 웃음을 자아내는 데에도 한몫 톡톡히 맡는다.
    가령 <죽 쑤어서 개 주었다>고 말하여야 할 것을 엉겁결에 <개 쑤어서 죽 주
    었다>고 말하면 치환법이 된다. 이 표현에서는 말하는 사람의 혼란스런 정신

    이 작품은 치환법의 독특한 형태를 보여준다. 여기에서는 일반적인 치환법처럼 낱말이나 어구가 서로 뒤바뀌는 것이 아니라 한 낱말 안에서 음절이 서로 뒤바뀐다. 시인은 첫 행의 <치정 같은 정치>와 다섯 째 행의 <현금이 실현하는 현실 앞에서>에서 두 번에 걸쳐 치환법을 구사한다. <치정>이라는 낱말을 바꾸어 놓으면 <정치>가 되고, <실현>이라는 낱말을 바꾸어 놓으면 <현실>이 된다. 언뜻 별로 관계가 없는 듯하지만 좀더 꼼꼼히 뜯어보면 <치정>과 <정치> 그리고 <실현>과 <현실>은 서로 깊이 연관되어 있음이 밝혀진다. 그에게 이 무렵의 국가를 다스리는 정치는 한낱 남녀의 유치하고 선정적인 치정에 지나지 않는다. 금권 정치가 판을 치던 이 무렵 시인은 <현금이 실현하는 현실>을 개탄해 마지 않는다. 송욱이 그 서슬 퍼런 5·16 군사 정권 시절에 유신 독재를 날카롭게 비판하였다는 것은 잘 알려진 사실이다.

김욱동, 「문장 구조에 따른 수사법」, 『수사학이란 무엇인가』, 민음사, 2003, 227쪽.

    시는 수사적 장치만으로 이루어지는 것은 아니다. 따라서 수사 장치라는 것은 시의 일부분이지 전체 이미지라고 볼 수 없다. 다만 시의 의도를 명확하게 전달하려는 시인의 의도가 비유의 방법에 의존하기 때문에 이를 통해 분석하는 것이다. 그러나 이는 시 전체의 주제를 드러내는 데는 한계가 있다. 따라서 시 전체의 이미지를 포괄할 수 있는 수사의 선택이 필요한 것이다. 그렇지 않으면 해석의 한계인 동시에 해석의 오류라 할 수 있다. 우선 수사의 방법론은 직유, 은유, 상징 등과 같은 개별 작품의 내적 특징을 밝히는 방법이고, 추상적 방법은 이론의 접목을 통한 작품 분석으로 나눈다. 또 여기서는 이론 접목의 방법 가운데 몇 가지를 검토하고자 한다.

상태를 잘 보여줄 뿐만 아니라 동시에 웃음을 자아내기도 한다(김욱동, 『수사학이란 무엇인가』, 민음사, 2003, 222~223쪽).

1.3. 배경 지식 선택의 방법

1) 분석의 틀

　시 분석을 위해 시와 관련된 배경 지식을 선택해야 한다. 이는 시 전체와 관련될 수도 있고, 시 작품의 특정 연이나 행과 관련이 있을 수 있다. 시 작품 전체와 관련이 있는 경우는 작품의 주제와 관련이 된다. 그러나 특정 행이나 연의 경우는 시의 주제보다는 비유적 표현일 경우가 많다. 물론 이는 시의 주제를 보다 분명하게 한다는 비유의 전제 조건이 깔려 있어야 한다. 예를 들어 설명하면 다음과 같다.

　　　1연 1행 : ································
　　　　　2행 : ································

　　　2연 1행 : ····(특정의 배경 지식)····
　　　　　2행 : ································

　　　3연 1행 : ································
　　　　　2행 : ····(특정의 배경 지식)····

　　　4연 1행 : ································
　　　　　2행 : ································

　위의 경우는 특정 행에 배경 지식이 필요한 경우를 상정한 것이다. 이럴 경우 앞에서 설명한 것처럼 비유적 표현의 의미를 읽는데 필요한 방법이다. 시 전체의 배경 지식이 필요한 경우는 실제 분석에서 보이겠다.

2) 실제 분석 (1)

  김소월에서 서정주로 이어지는 민족 서정을 노래했다는 평가를
받은 박재삼의 시「흥부부부상」을 분석해 보겠다.

  흥부 부부가 박덩이를 사이하고
  가르기 전에 건넨 웃음살을 헤아려 보라.
  금이 문제리.
  황금 벼이삭이 문제리.
  웃음의 물살이 반짝이며 정갈하던
  그것이 확실히 문제다.

  없는 떡방아 소리도
  있는 듯이 들어내고
  손발 닳은 처지끼리
  같이 웃어 비추던 거울면들아.
  웃다가 서로 불쌍해
  서로 구슬을 나누었으리.
  그러나 금시
  절로 온 구슬까지를 서로 부끄리며
  먼 물살이 가다가 소스라쳐 반짝이듯
  서로 소스라쳐
  본웃음 물살을 지었다고 헤아려 보라.
  그것은 확실히 문제다.

『春香이 마음』, 1962.

  『흥부전』에 대한 배경 지식을 바탕으로 이 작품을 분석한다. 앞에
서 언급한 것처럼 분석틀은 특정 시행을 중심으로 하지만 여기에서

는 흥부전에 대한 전체 내용을 시 분석과 관련해서 분석하는 방법이다. 흥부 부부는 가난의 상징이면서 형제애의 교훈을 바탕으로 한 판소리계 소설이다. 따라서 이를 바탕으로 시 분석을 해야 한다.

1연의 1행은 박덩이를 사이하고 있는 흥부 부부의 웃음살을 헤아려 보라는 시인의 목소리에 주목해야 한다. 그러나 시인은 속세의 인생 대박보다는, 속세의 부귀보다는 가난 속에서 삶의 미소를 잃지 않는 흥부 부부상을 그리고 있다. 그래서 금(金)이 문제리, 황금(黃金)의 벼이삭이 문제리, 이보다도 정갈하던 웃음살이 더 문제라는 것이다.

손발이 닳도록 같이 살아 온 처지를 생각하면서 같이 웃었던 모습을 상기해 보면, 과거의 눈물은 구슬 같은 눈물이며, 눈물 흘리는 모습을 부끄럽게 여겨야 한다는 것이다. 시인은 흥부 부부의 본웃음살을 지었다고 생각하라고 다시 한 번 강조하고 있다. 그래서 시의 주제는 진정한 삶의 가치는 물질적 풍요(금 / 황금의 벼이삭)보다는 가난한 삶의 고달픔 속에서의 미소를 찾는 것이다.12)

3) 실제 분석 (2)

실제 분석의 한 예를 더 들어보겠다.

시(詩)를 믿고 어떻게 살아야 가나
서른 먹은 사내가 하나 잠을 못 잔다.

---

12) 결국 이 작품은 『흥부전』의 한 대목, 즉 박을 타는 사건을 통해 '정신적 행복을 추구하는 소박한 삶의 한 양상'을 보여주고 있으며, '웃음'과 '本웃음'의 대비를 통해 진정한 행복이 무엇인지를 독자들에게 묻는다(오정국, 「사건의 재구술」, 『시의 탄생, 설화의 재생』, 청동거울, 2002, 67쪽).

면—기적 소리 처마를 스쳐가고
잠들은 아내와 어린것의 베개맡에
밤눈이 내려 쌓이나 보다.
무수한 손에 뺨을 얻어맞으며
항시 곤두박질해 온 생활의 노래
지나는 돌팔매에도 이제는 피곤하다.
먹고 산다는 것,
너는 언제까지 나를 쫓아오느냐.
등불을 켜고 일어나 앉는다.
담배를 피워 문다.
쓸쓸한 것이 오장을 씻어 내린다.
노신(魯迅)이여
이런 밤이면 그대가 생각난다.
온 세계가 눈물에 젖어 있는 밤.
상해(上海) 호마로(胡馬路) 어느 뒷골목에서
쓸쓸히 앉아 지키던 등불
등불이 나에게 속삭거린다.
여기 하나의 상심(傷心)한 사람이 있다.
여기 하나의 굳세게 살아온 인생이 있다.

김광균, 「노신(魯迅)」.

위 시의 작가는 시(詩)를 쓰면서 살아가는 시인이면서 생활에 대한 회의를 품고 있다. 시만을 믿고 살아야 하는 현실에 대한 회의를 가지고 있다. 시정신을 고민하는 것이 아니라 "먹고 산다는 것, / 너는 언제까지 나를 쫓아오느냐"라고 잠을 못 자는 생활에 대한 고달픔을 이야기하고 있다. 전반부는 시인의 현실적 고뇌를 이야기하고, 후반부에서는 노신을 이야기하고 있다. 때문에 노신에 대한 배경 지식을 바탕으로 시를 해석할 수 있다. 그렇지 않으면 시의 전반부에 대한 해석과 시 전체에 대한 해석의 의미가 약할 수 있다.

노신에 대한 배경 지식을 바탕으로 이 시를 해석하게 되면, 항상 곤두박질하는 내 생애와 피곤함에 있는 자신을 반성하게 된다. 여기에 중국의 작가이며, 사상가인 노신을 떠올리게 된다. "등불을 켜고 일어나 앉는다. / 담배를 피워 문다. / 쓸쓸한 것이 오장을 씻어 내린다."에서처럼 자신을 꼼꼼히 되돌아보는 시인의 모습에서 개인적 차원의 슬픔에 머물고 있지만 "온 세계가 눈물에 젖어 있는 밤. / 상해(上海) 호마로(胡馬路) 어느 뒷골목에서 / 쓸쓸히 앉아 지키던 등불"을 생각하는 노신을 대비함으로써 삶에 대한 반성을 하게 된다. 그리하여 "여기 하나의 상심한 사람이", "하나의 굳세게 살아온 인생"을 들여다 보는 것이다. 이 시에서 노신에 대한 배경 지식이 없이는 시 자체에 대한 해석의 의미가 다소 축소될 수 있다. 따라서 시 해석에서 배경 지식에 대한 선택의 방법이 필요한 것이다.

여기서 한 평자의 노신에 대한 자료 조사를 인용해 보자. 「노신(魯迅)」은 "김광균의 작품치고는 얼마쯤 주류에서 벗어나 있다. 군더더기 없는 간결한 시행, 난해한 수사적 장치를 피한 직접적인 토로는 낯익은 것이지만 생활을 직접 노래했다는 점에서는 이례적인" 작품이라고 평가한 유종호는 다음과 같이 노신에 대해 정리했다.

그의 마음에 떠오르는 것은 20세기 중국 작가 노신(魯迅 : 1881~1936)이다. 노신의 본명은 주수인(周樹人)으로 노신은 필명이고 그 밖에도 많은 필명을 가지고 있다. 어려서 집안이 몰락했던 그는 관비로 기술자 양성 학교로 들어갔고 관비 유학생으로 일본에 유학하였다. 그는 1902년에서 1909년까지 일본에 체재하였는데 처음 의학 공부를 하였으나 문필을 통한 조국 기여를 결심하고 중퇴하여 문필 활동을 하였

다. 장편 『아큐정전』으로 유명하고, 「고향」도 일찌감치 우리말로 번역
된 바 있다. 베이징, 광둥으로 전전하다가 1927년부터 세상을 뜰 때까
지 상하이의 조계(租界)에 살았다. …중략… 그는 오늘날 중국 본토에
서나 대만에서나 대표적인 현대 중국 문학가로 숭상받고 있는데 시류
에 추수함이 없이 일관된 문학관을 통해 중국 현실을 비판하며 호소
하곤 하였다. 시의 화자는 '상심한 채로 굳세게 살아온' 노신을 자산
의 등불로 삼으려 했던 것 같다. 고단한 시인의 자의식을 노신에 의
탁하여 극복하려고 하였던 것으로 보인다. 비평가로서의 노신은 좌우
양쪽의 협공을 받으면서 좌파의 공식주의와 우파의 안이한 **한량문학**
을 공격하였다. 해방 직후 김광균은 좌파인 문학가동맹에 속하였으나
좌파의 구호문학을 공격하는 글을 남겼다.

유종호, 「노신(魯迅)」, 『시 읽기의 방법』, 삶과 꿈, 2005, 56쪽.

인용글에서 노신에 대한 배경 지식이 시의 해석에 얼마만큼 기여
했는지를 알 수 있다. 시인 자신의 모습을 구체적으로 이해하려면
노신의 삶과 문학을 이해하지 않으면 안 된다는 것을 알 수 있다.

2. 선행(先行) − 확대의 방법

<선행(先行) − 확대의 방법>이란 텍스트 선정 다음에 내적 구조를
중심으로 분석하되, 각 행을 계단식으로 분석하는 방법이다. 또 외적
구조를 중심으로 분석하되, 작품과 관련한 작가와 관련하여 작품을
분석하는 방법이다. 따라서 작품을 분석하되 그 기준을 먼저 선행한
다는 의미에서 붙인 것이다.

2.1. 구조(構造) 선행(先行)의 방법

1) 분석의 틀

시의 내적 질서 속의 연관성을 통해 시 세계를 밝히는 방법이다. 시의 내적 질서를 자의적으로 분석함으로써 비평가의 주관을 드러낼 수 있다. 비평의 주관성과 객관성이 조화를 이루어야 한다는 점에서 철저하게 내적 논리를 찾아야 한다. 왜냐하면 주관성과 객관성의 공통점, 즉 적어도 작품 분석에 있어 공통 분모의 시세계를 찾아야 한다. 자칫하면 단순히 감상 수준의 분석이 될 수 있다. 그래서 내적인 질서의 일관성을 유지하는 것이 중요하다. 우선 내적 구조의 시 분석 방법이 어떤 것인지를 설명하고 실제 작품을 분석하는데 유용한 틀을 제시하고자 한다.

구조 선행의 방법이란 시의 외부적 상황 논리(외재적 접근 방법)와는 관련 없이 시 텍스트의 내재적인 의미를 계단식으로 분석하는 것을 말한다.[13] 물론 내재적 접근 방법의 한 유형으로 혹은 구조주의 입장으로 이해될 수도 있다. 그러나 내재적 접근 방법은 작품의 특징을 통해 분석하는 것이고, 구조주의는 언어의 자율성에 근거한 법칙성에 따른 분석이기 때문에 이 두 이론이 일치하는 것은 아니다. 다만 내재적 의미만으로 접근한다는 공통점이 있다. 이 분석의 장점은 모든 시행의 시어들은 다 유의미한 것으로 해석한다는 점이다. 즉 시어 하나하나가 시의 의미를 갖추고 있다는 전제에서 출발한다는 뜻이다. 앞에서 언급한 지배소 선택의 방법은 모든 시어를 분석하지 않지만 이 방법은 시

---

13) 오세영, 『한국현대시 분석적 읽기 ─ 백석·「수라(修羅)」』, 고려대학교 출판부, 1998, 269~274쪽.

인의 의도가 시어에 녹아있다는 전제에서 보면 구조 선행의 분석의 장점이 드러난다는 것을 알 수 있다. 또 시의 모든 시어들을 분석 대상으로 삼기 때문에 치밀하고 논증성을 지닌다는 장점이 있다.

설명의 편의를 위해서 간단히 기호로 정리해 보자.


```
1연 1행: ······································
   2행: ······································
   3행: ······································
   4행: ······································

2연 1행: ······································
   2행: ······································
   3행: ······································
   4행: ······································
```


분석 대상의 시를 위와 같이 2연 각 4행으로 가정할 때, 1연의 1행을 분석하면서 주어진 정보를 이해하되, 정확하게 이해되지 않으면 그대로 남겨 두고 2행으로 넘어가서 해석을 시도한다. 같은 방법으로 2행을 분석하되, 이해되지 않는 정보는 다음 행에서 관련 정보를 파악하여 분석을 시도한다.

이를 도식화시켜 보면 다음과 같다.

```
1연 1행: ㉠ -시어 ㉡ -시어 ㉢ -시어 ㉣ -시어
   2행: ㉠ -시어 ㉡ -시어 ㉢ -시어 ㉣ -시어
   3행: ㉠ -시어 ㉡ -시어 ㉢ -시어 ㉣ -시어
   4행: ㉠ -시어 ㉡ -시어 ㉢ -시어 ㉣ -시어
```

1행의 <㉠ −시어>를 이해하면, 다음 <㉡ −시어>를 이해할 차
례이다. 그런데 <㉡ −시어>를 이해하지 못하면 다음 <㉢ −시어>
혹은 <㉣ −시어>를 관련시켜 이해하면 된다. 이해되면 문제가 안
되지만, 이해되지 않을 경우 2행의 시어들을 관련시켜 이해해야 한
다. 같은 방법으로 3행을 차례로 분석하되, 해석의 난점에 부딪칠
때 4행을 관련시켜 정보를 파악해야 한다. 그런데 각 행의 시어들
의 정보를 어떻게 해석하느냐의 문제가 남는다. 시어는 대체로 ①
사전적 의미를 해독하고, ② 시에서만 단독 작용하는 함축적인 의
미를 해독하는 것이다. 그리고 ③ 시 전체에서 해석되어지는 독특
한 부분을 찾아야 한다.

이러한 방법으로 1연의 분석이 끝나더라도 이해되지 않는 정보는
다음 연, 즉 2연과 관련시켜 해석을 시도한다. 이는 한 행 한 행씩
내적 의미를 분석하는 계단식 분석 방법이다. 물론 연의 구별은 당
연히 시의 내재적 의미 단락으로 정해질 수 있다.[14] 각 연의 소주
제를 파악하고 난 뒤, 전체 주제를 추상화시켜 정리해야 한다. 이제
이런 바탕 위에 실제 시 분석을 시도해 보자.

2) 분석의 실제 (1)

평북 정주군의 두 천재 시인은 김소월과 백석일 것이다. 본고에서
는 백석의 「여승」(『사슴』, 1936)을 통해서 구조 선행의 방법을 살펴보
자. 특히 본고에서 의도하는 시 분석 방법과 한계전의 시 읽기의 내
용을 인용하여 비교하면 쉽게 이해할 수 있을 것이다. 이 글의 앞

---

14) 졸고, 「행과 연의 의미」, 『비평과 삶의 감각』, 역락, 2004, 24~29쪽.

부분은 "시집 『사슴』(1936)으로 대표되는 백석 초기시는 유년기 화자를 등장시켜 동화적이고 신비로운 공동체의 모습을 그리고 있다."고 열 줄 정도로 하여 시집 전체에 대한 평가를 하고 있다.

가) 작품에 대한 평가

1930년대에는 김팔봉, 임화 등의 비평가에 의해 이야기 시의 가능성에 대한 진지한 논의가 이루어졌는데, 이야기 시의 원형이 되는 작품을 쓴 시인이 바로 백석이다. 여기서 다루고자 하는 「여승」과 「팔원」 등의 작품이 그것이다.

나) 작품에 대한 내용

「여승」은 일제 강점기 어려운 삶을 살았던 한 여인의 일생을 축약하여 보여주고 있는 시이다. 특히 적절한 비유적 표현과 축약으로 시에서 리얼리즘의 가능성을 보여주고 있는 작품으로, 인물의 전형성이나 상황의 전형성도 확보하고 있다는 평가를 받고 있다.

이 시는 한 여자의 일생을 제시하고 있다. 즉 지아비와 지어미 그리고 딸아이로 구성된 한 가족이 있었다. 그들은 원래 농사를 지었을 것이다. 그러다가 농사일로 생계를 꾸릴 수 없어서 지아비는 집을 나가 광부가 되고, 아내는 10년 기다리다가 남편을 찾아 집을 떠나왔다. 금점판 등을 돌며 옥수수 행상을 하면서 남편을 찾으려 했던 것이다. 이런 고생을 못 이겨 딸은 투정을 부리고, 그 어미는 울면서 딸을 때리기도 한다. 그러다가 딸이 죽어 돌무덤에 묻힌다. 그 여인은 삭발하고 가지취와 불경을 만지면서 여생을 보내는 여승이 된 것이다.

다) 작품에 대한 분석과 평가

이렇게 재구성할 수 있는 이야기를 통하여 이 시는 농촌의 몰락을 중심으로 하는 일제 강점기의 민족 현실을 전형적으로 드러내고 있다. "섶벌같이" 훌쩍 떠나갈 수밖에 없는 민족의 현실, 그리고 그를 찾아 금점판을 헤맬 수밖에 없는 또 다른 우리 민족의 삶이 12행의 짧은 시 속에 용해되어 있는 것이다. "가을밤같이 차게" 울면서 자식을 때리는 어미의 모습이나 도라지꽃을 좋아하여 돌무덤으로 갔다는 딸의 죽음에 대한 묘사는 매우 탁월하다.

또 산꿩의 울음이 여인의 울음으로 형상화되고 있으며, 여인의 슬픔을 "눈물방울과 같이" 떨어지는 머리오리로 대체되기도 한다. 이를 통하여 슬픔을 초월하는 여인의 정서를 드러내고 있다. 아울러 "가지취"의 냄새가 나는 여승의 모습에서 "불경처럼 서러움"을 느끼는 시적 화자도 결국은 이런 부류의 사람에서 크게 벗어나지 않는 사람이리라.

이 시는 이런 형상을 통하여 사회 현실을 사실적으로 반영하는 리얼리즘 시의 대표작으로 평가되고 있다. 이는 일제 강점기 중에서도 암흑기로 불리던 1930년대 후반의 민족 문학의 시적 성과가 백석의 경우만 보더라도 만만치 않았음을 보여 주는 것이자, 백석 등의 해금 시인들의 시 작품들이 프로 시의 한계였던 이념적 편향성을 극복하고 있는 실상을 확인시켜주는 예이기도 하다.

「백석·여승」, 『한계전의 명시 읽기』, 문학동네, 2002, 160~161쪽.

라) 시 전문

여승(女僧)은 합장을 하고 절을 했다
가지취의 냄새가 났다
쓸쓸한 낯이 옛날같이 늙었다
나는 불경(佛經)처럼 서러워졌다

평안도(平安道)의 어늬 산 깊은 금점판
나는 파리한 여인(女人)에게서 옥수수를 샀다
여인(女人)은 나 어린 딸 아이를 따리며 가을 밤 같이 차게 울었다

섶벌같이 날아가 지아비 기다려 십 년(十年)이 갔다
지아비는 돌아오지 않고
어린 딸은 도라지꽃이 좋아 돌무덤으로 갔다

산(山)꿩도 섧게 울은 슬픈 날이 있었다
산(山)절의 마당귀에 여인(女人)의 머리오리가 눈물방울과 같이 떨
어진 날이 있었다.

시 분석을 위해서는 1연 1행부터 정보를 수집해야 한다. 우선
첫 행의 시어는 <여승>이다. <여승>이라는 시어를 분석할 경우
앞에서 언급한 세 가지 층위를 고려해야 한다. 이를 정리하면 다
음과 같다.

세 층위	의미 해석
1. 사전적 의미	여자 중, 여 스님, 비구니
2. 함축적 의미	세속을 초월하지 못한 비극의 여승
3. 시 전체의 의미	과거의 세속적 여인의 삶과 현재의 초월적 삶을 지향하는 여승의 모습이 교차

여승이 합장을 하고 절을 했다는 점에서 공간이 절간이다. 따라서
절이 갖는 시적 의미를 다른 행의 시어와 연관시켜 분석을 시도해
야 한다. 즉 2행부터 관련시켜 찾는 것이다. 이 시는 1연의 시적 공
간은 현재 시점이며, 여승이 등장하는 절간이다. 1행(여승(女僧)은 합장
을 하고 절을 했다)은 여승의 상대가 누군지 모르지만 합장을 했다는
내용이다. 그리고 2행(가지취의 냄새가 났다)은 가지취 냄새가 여승에
게서 났다는 의미인데, 이것을 어떻게 분석할 것인가? 가지취는 산
나물의 일종이다. 그래서 여승에게서 가지취 냄새가 났다는 것은 오
랫동안 산나물을 섭취했다는 의미인데, 즉 여승이 산사에서 수행 생

활을 오래 했다는 뜻이다. 이제 3행(쓸쓸한 낯이 넷날같이 늙었다)의 의미를 설명할 차례이다. 여승의 쓸쓸한 얼굴빛이라고 했지만 언뜻 이해하기 힘든 상황이다. 늙었다는 것은 오랜 세월을 산나물을 섭취하며 보낸 여승에게서 느낀 시적 화자의 정서이다. 그러나 여승의 <쓸쓸한 낯>이 쉽게 이해되지 않는 부분이다. 그리고 4행에서 나는 불경처럼 서러워졌다는 의미를 찾아야 한다. 통상 세속사에 찌들 때 불경을 읽으면 위로가 되는데, 나는 불경처럼 서러워졌다는 의미는 불경을 읽어도 서럽게 느껴졌다는 뜻이다. 그 이유는 1연의 3행에서 보는 바와 같이 여승의 늙고 쓸쓸한 낯을 보았기 때문이다.

2연은 시적 공간의 변화가 평안도이기 때문에 자연히 연의 구별이 이루어졌다고 볼 수 있다. 3연은 공간적 배경보다는 2연의 내용을 부연 설명하는 구성이지만, 마지막 연의 경우는 연의 경계가 주어진 것이다. 그렇더라도 시의 일관성은 <내>가 바라 본 여성의 비극적 인생 행로라는 점을 주목해야 한다. 1연과 달리 2연의 1행 시작은 특정 공간, 평안도의 깊은 산골 금광촌이다. 이는 단순한 정보일 수 있으나, 시와 관련시켜 볼 때, 의미있는 정보이다. 2행은 1연에서 파악한 여승, 즉 여인에게서 옥수수를 샀다는 정보이다. 그리고 3행은 옥수수를 파는 여인 등에 업힌 딸아이를 때리며 슬프게 울었다는 내용이다. 왜 옥수수를 팔았는지, 왜 딸아이를 때렸는지를 고려해야 할 것이다. 이를 파악하기 위해서는 자연스럽게 3연으로 옮겨서 찾아야 할 것이다.

3연의 1행, 2행은 일별 같이 평안도 금광굴에 간 지아비가 돌아오지 않은 세월이 10년이나 지났기 때문에 여인은 생계를 위해서 옥수수를 팔았다는 것이다. 3행을 통해서 그 사이의 사건을 논리적으로 설명해 보면, 어린 딸아이가 죽었다는 내용이다. 여인은 지아비가 돌아오지 않고 사랑한 외동딸마저 죽음으로써 가슴 아픈 현실을 떠날 수밖에 없는 상황이 된 것이다. 그리고 다시 절간의 공간이 부각되기 때문에 연의 구별이 된 것이다. 그리고 연 구별을 통해서 1행의 자연 묘사를 통해 시인의 감정을 표현한 것이다. 이처럼 계단식으로 진행된다는 점에서 내적 계단의 방법이라고 명명(命名)할 수 있다.

위와 같은 방법으로 파악한 이 시의 주제를 정리하면 다음과 같다.

1연 ― 여승에 대한 슬픈 인상
2연 ― 여승의 고난 회상
3연 ― 지아비와 딸을 잃은 여승의 슬픔
4연 ― 속세를 떠나 불가 귀의

대주제 : 여승(여인)의 비극적 삶과 불교 귀의

위의 경우는 여승(여인)이 공통 요소이고, 비극적 삶이 공통 요소이고, 불교 귀의는 시 전체에 걸리기 때문에 따로 독립해서 주제를 정리해야 한다. 각 연의 소주제의 공통되는 핵심 용어들을 추리고, 공통되지 않는 부분은 따로 독립해서 추상화해서 주제에 포함시킨다.

앞에서 인용한 한계전의 시 읽기와 다른 점은 첫째, 문학사적 접근법을 취한다는 점이고, 둘째 주요 지배소만을 중심으로 시 읽기를 한다는 점이다. 필자는 문학사적 평가는 시 분석 이후의 단계라

고 생각한다. 따라서 시에 대한 치밀한 분석은 객관성과 엄밀성을
확보해야 한다는 점에서 변별된다.

3) 분석의 실제 (2)

한 가지 예를 더 들면 김소월의 「초혼」을 통해 설명할 수 있다.
앞에서 설명한 계단식은 한 행씩 시적 의미를 파악해서 끝 행까지
해석하는 방법이다. 여기서 계단식의 방법이라 하더라도 순환론적
인 관점을 가진다고 할 수 있다. 즉 끝 행에서 다시 앞의 행과 연
결된다는 것이다.

산산이 부서진 이름이여!
허공(虛空) 중에 헤어진 이름이여!
불러도 주인 없는 이름이여!
부르다가 내가 죽을 이름이여!
심중(心中)에 남아 있는 말 한마디는
끝끝내 마저 하지 못하였구나.
사랑하던 그 사람이여!
사랑하던 그 사람이여!

붉은 해는 서산(西山) 마루에 걸리었다.
사슴의 무리도 슬피 운다.
떨어져 나가 앉은 산 위에서
나는 그대의 이름을 부르노라.

설음에 겹도록 부르노라.
설음에 겹도록 부르노라.

> 부르는 소리는 빗겨 가지만
> 하늘과 땅 사이가 너무 넓구나.
>
> 선 채로 이 자리에 돌이 되어도
> 부르다가 내가 죽을 이름이여!
> 사랑하던 그 사람이여!
> 사랑하던 그 사람이여!

1연의 1행은 이름과 느낌표(!)를 주목해야 한다. 보다시피 1행은 이름이 계속 반복하기 때문에 화자의 강한 절규임을 알 수 있다. 또 느낌표(!)는 시적 화자의 강한 감정을 표현한 것이다. 이름의 구체적 대상이 누군지는 알 수 없지만 절규하는 대상임을 알 수 있다. 그리고 2연에서는 끝내 하지 못한 한 마디 말을 그 사람을 향해 하고 싶다는 간절함을 표현하고 있다. 1연은 절규의 부르짖음이고, 2연은 사랑하는 사람의 이름을 부른 이유로 볼 수 있다. 3연은 자연 묘사를 통해서 시인의 감정이 구체적으로 드러나 있다.

시인들의 자연 묘사는 궁극적으로 자연 경치에 대한 감탄이 아닌 경우에는 시인의 감정을 자연에 의탁해서 표현한다. 3연 1행의 '붉은 해'는 대체로 생명의 근원 혹은 우주의 중심이 서쪽으로 기울었다는 의미인데, 이는 자연의 질서가 서서히 어둠 속에 있다는 뜻이다. 이를 작품과 관련시켜 보면 그 이름을 가진 자가 생명이 위태하거나 멀리 떨어질 수(이별)밖에 없다는 것을 의미한다. 그래서 "사슴의 무리가 슬피 운다"는 뜻은 1행과 같은 시적 맥락 속에서 시인이 슬피 운다는 감정이입의 상태를 확인할 수 있다. 뿐만 아니라 사랑하는 사람과도 이별(죽음)의 상태에 있기 때문에 떨어져 나가 앉은 산 위에서 그대의 이름을 불러보지만(4행) 허공 중에 산산히 흩어져 버리고 만다.

4연의 자연 묘사에 있어 시인의 감정이 폭발하기 때문에 1행과 2행에서 설움에 겹도록 부르는 것이다. 이는 이별에 대한 감정의 복받침을 반복해서 절규하는 모습을 보여 준 것이다. 그래서 3행에서 다시 불러 보지만 메아리로 돌아올 뿐이다. 사랑하는 사람과 이별(죽음)의 상태에 놓여있기 때문에 하늘과 땅 사이가 너무나 넓다는 물리적 공간을 심리적 공간으로 환치시켜 표현한 것이다. 그래서 시인이 부른 그 이름은 결국 절규일 뿐 메아리로 돌아온다. 그 이름의 대상을 끝없이 기다린다는 의미이다. 사랑하는 사람이 돌아올 때까지 기다리겠다는 망부석 설화를 연상케 한다. 이를 5연의 1행에서 선 채로 이 자리에 돌이 되어도 기다리겠다는 강한 신념을 보인다. 그 신념의 표현이 "부르다가 내가 죽을 이름이여! / 사랑하던 그 사람이여!"이다. 절규는 "부르다가 내가 죽을 이름이여! / 사랑하던 그 사람이여!"이다. 물론 주제는 사랑한 사람과 이별에 대한 절규와 그리움으로 정리할 수 있다.15)

4) 곽재구의 「은행나무」와 분석틀의 한계

구조 선행의 방법이 갖는 한계를 1980년대 시인 곽재구의 작품을 예로 들어 설명하면 다음과 같다.

---

15) 초혼(招魂) : 민간에서는 사람의 죽음이 곧 혼의 떠남이라고 믿어, 이미 떠난 혼을 불러들여 죽은 사람을 다시 살려 내려는 간절한 소망이 의례화된 것이다. 사람이 죽은 직후에 생시에 입던 저고리를 왼손에 들고 지붕이나 마당에서 북쪽을 향해 죽은 사람을 세 번 부르는 행위로 이루어진다.

너의 노오란 우산깃 아래 서 있으면
아름다움이 세상을 덮으리라던
늙은 러시아 문호의 눈망울이 생각난다
맑은 바람결에 너는 짐짓
네 빛나는 눈썹 두어 개를 떨구기도 하고
누군가 깊게 사랑해 온 사람들을 위해
보도 위에 아름다운 연서를 쓰기도 한다
신비로와라 잎사귀마다 적힌
누군가의 옛 추억들 읽어 가고 있노라면
사랑은 우리들의 가슴마저 금빛 추억의 물이 들게 한다
아무도 이 거리에서 다시 절망을 노래할 수 없다
벗은 가지 위에 위태하게 곡예를 하는 도롱이집[16] 몇 개
때로는 세상을 잘못 읽은 누군가가
자기 몫의 도롱이집을 가지 끝에 걸고
다시 이 땅 위에 불법으로 들어선다 해도
수천만 황인족의 얼굴 같은 너의
노오란 우산깃 아래 서 있으면
희망 또한 불타는 형상으로 우리 가슴에 적힐 것이다.

   위 시의 1행에서 <너>의 원관념은 '은행나무'이다. 시의 내용은
<노오란 우산깃 모양의 은행나무 나뭇잎 아래 서 있으면, 아름다움
이 온 세상을 다 덮으리라던>, <늙은 러시아 문호의 눈망울이 생
각난다>는 것이다. 여기서 은행나무의 의미를 찾고, 다시 아름다운
세상이 어떤 것인지를 찾아야 한다.
   우리들의 금빛 가슴마다 추억을 물들게 했던 은행나무 잎을 생각
하게 된다. 추억을 물들게 했던 은행나무가 있는 보도에서는 아무도

---

16) 도롱이집 : 도롱나방의 집.

절망을 노래할 수 없다는 것이다. 그렇다면 왜 절망이란 말인가? 절망의 상징을 보여 준 것이 "벗은 가지 위에 위태하게 곡예를 하는" 도롱나방의 집 때문이다. 그런데 시인은 노오란 우산깃 아래 서 있으면 항상 희망이 싹튼다는 것이다.

이 시는 크게 세 부분으로 나눌 수 있다. 1~3행까지는 아름다운 세상을 연상케 하는 은행나뭇잎, 4~7행은 추억의 금빛을 생각게 하는 은행나뭇잎이다. 그리고 8행부터는 이 시 전체의 전환점이다. 시인의 감정이 가장 직설적으로 강경하게 표현되어 있다. 그러면서도 마지막 2행이 시 전체의 의미와 연관된다. 마지막 2행은 추억과 위태한 세상에서 다시 추억을 떠올리는 시인의 모습을 떠올릴 수 있다. 이 시의 주제는 삶의 추억과 절망에 대한 희망 의지라 할 수 있다.

여기서 한 가지 짚고 갈 문제는 역사의 시각과 작가의 창작의 각도이다. 즉 이 시가 1980년대 반미 감정의 절제 속에서 표현되었다는 정보를 얻기 힘들다는 점이다. 여기서 구조 선행의 방법에 한계가 있다는 것이다. 이는 외재적 접근 방법이기 때문에 이 방법의 한계가 있는 것이다.

2.2. 작가 선행의 방법

1) 분석의 틀

앞에서 검토한 작품 내적인 구조와 관련이 없고, 또 특정 이론을 접목시키는 것도 아니다. 다만 작가와 관련한 모든 정보들을 동원하여 작품을 분석하는 방법론이다. 그렇기 때문에 흔히 역사·전기적 방법이라 일컫는 부분과도 관련성이 있다.

무엇보다도 작가 연구가 선행된다는 점에서 앞에서 논의한 시 분석 방법과는 다른 점이다. 다른 방법론은 주로 텍스트 중심주의이지만 작품 분석과 관련한 작가 연구라는 점에서 다른 점이다. 작품 분석과 관련된 작가 주변의 자료를 조사해서 분석하는 방법이다.[17] 다음은 만해 문학의 예이다. 이를 인용하면 다음과 같다.

> 특히 외면적으로 남성다움의 표상이라고 할 수 있는 의지적이고 용감한 행동을 해야만 하는 사람은, 내면적으로는 오히려 그러한 현상에 대한 반동이 형성되어 극단적인 여성 취향을 띠게 된다고 한다. 분석 심리학에 의하면 인격에는 외면적 생활에 적용하는 외적 인격과 내면적 세계에 적응하는 내적 인격이 있는데, 어느 한쪽이 억압을 당할 경우 다른 쪽이 대상 작용을 하게 된다는 것이다. 그러므로 만해 한용운의 경우 독립 운동을 위한 활동이나 불교 개혁 운동 등은 외적 인격이 맡아서 한 일이고, 『님의 침묵』 시집 전편에 깔려 있는 여성 취향적 이미지는 만해의 내적 인격에 포함된다고 할 수 있다.
>
> 만해는 겉으로는 당당한 독립 투사의 면모를 가졌으나 내적으로는 그러한 것에 반발하는 잠재의식이 특별히 강했던 것 같다. 그래서 그의 작품에는 단순한 여성 취향성뿐만 아니라 여성 취향성의 극단적 표현 형태라고 할 수 있는 매저키즘적 피학성이나 자기 학대의 표현이 빈번하게 등장한다. 「의심하지 마세요」라는 작품에서는 '당신의 사랑의 동아줄에 휘감기는 체형(體刑)도 사양치 않겠습니다 / 당신의 사랑의 혹법(酷法) 아래에 일만가지로 복종하는 자유형(自由刑)도 받겠습니다'라고 읊고 있고, 「복종」에서는 '남들은 자유를 사랑한다지마는 나는 복종을 좋아하여요 / 자유를 모르는 것은 아니지

---

17) 졸저, 『작가연구방법론』(수정판), 역락, 2005.

만 당신에게는 복종하고 싶어요'라고 읊고 있다. 그리고 일일이 예를 들지 않더라도 만해의 시 전편에는 님에게 버림받은 이별을 오히려 기쁨으로 감수하는 화자의 변태 심리가 주조를 이루고 있는 것이다.

마광수, 「한국 현대시의 정신 분석학적 해석」, 『정신분석과 문학비평』,
고려원, 1992, 193~194쪽.

위의 인용에서 보듯이 정신분석학적 방법은 작품 속에 나타난 어떤 특징을 작가의 행동 심리학에 근거하여 설명하는 것이다. 즉 작품에 나타난 여성취향적 이미지(매저키즘적 피학성)가 외면적 생활에서는 외면적 남성다움의 표상(독립 운동, 불교 개혁 운동 등)으로 나타난다는 점을 설명하는 방법이다. 그러나 작가의 전기적 실제 행동이 작품 속에 투영되어 나타난 것과 관련하여 설명했지만, 위의 인용처럼 작가의 생활 행동이 작품에서는 반대로 나타나는 경우도 생각해야 한다. 작가 연구에서 정신분석학적 접근 방법을 이용하려면 정신분석학에 대한 이론적 기반을 갖추어야만 한다.[18] 그렇지 않으면 작가 생애나 작품에 드러난 특징마다 임의로 접근하여 해석하는 결과를 가져올 수 있기 때문에 이론적 기반을 풍부하게 이해한 상태에서 접근해야 할 것이다.

이 같은 작가 연구의 한 범례는 조두영의 「李箱의 인간사와 정신분석 － 초기 작품을 중심으로」(『심리주의 비평의 이해』, 청하, 1987)에서 찾을 수 있다. 그의 작가 연구의 접근 방법과 그 과정을 정리하면 다음과 같다.

---

18) 프로이트 출생 100주년 기념으로 국내에서는 프로이트 전집이 출판사 ≪열린 책들≫에서 20권으로 번역되어 있어 이에 대한 이론적 기반을 갖추는데 도움이 될 것이다.

  고은의 『이상평전』에서 나오는 이야기 가운데에서 비교적 객관성을 띤 내용을 주축으로 삼고 여기에 이상 자신이 쓴 그의 반생을 회상하는 내용의 수상문인 『슬픈 이야기』(1936), 『실락원』에서의 「肉親의 章」(1937), 『종생기』(1936), 김종은의 논문 가운데 나오는 이상의 누이 동생 김옥희의 증언, 김용성의 『문학사 탐방』, 임종국이 이상의 친구 문종혁에게서 청취한 증언과 문종혁이 직접 쓴 것을 인용한 것을 참고로 하여 이상이 『12월 12일』을 쓸 때까지의 개인력을 정신 과학적인 기술 방법으로 재정리하였다. 그리고 작가의 개인력과 작품의 내용을 서로 비교하여 어떠한 공통점이 있는가의 여부를 알려고 하였다. 마지막으로 작품의 내용을 분석하고 그것이 작가의 개인력 가운데 어떤 점의 영향을 받았고, 인간사의 어떤 사실이 어떻게 변형(modify), 위장(disguise)되어 작품 속에 노출되었는가를 알아보았다.

『정신분석과 문학비평』, 고려원, 1992, 145쪽에 재수록.

  조두영은 이상에 대한 연구의 접근 방법으로 첫째, 고은의 『이상평전』에 나오는 객관성을 띤 내용을 참고했다. 이는 작가 연구에 있어 작가의 생애(전기적 요소)가 반드시 필요하다는 전제에서 출발하고 있다. 둘째, 이상 자신이 쓴 회상의 수필문 「슬픈 이야기」, 『실락원』의 「肉親의 章」, 『終生記』 등을 참고했다. 이는 작품 속의 내용이 실제 작가의 생각과 생애를 반영하고 있다는 전제에서 이를 응용하고 있음을 의미한다. 셋째, 인터뷰의 글은 이상의 누이 동생 김옥희의 증언, 이상의 친구 문종혁이 직접 쓴 글을 참고했다. 이는 필자가 앞에서 언급한 작가 주변 인물에 대한 인터뷰를 바탕으로 하고 있다. 이러한 인터뷰는 작가의 생애에 대한 객관성 있는 정보지만 편향된 시각일 수 있다는 전제를 염두에 두어야 한다. 넷째, 르뽀 작가 김용성의 탐방기를 참고로 했다. 이는 작가에 대한 전기적 자료를 활용하였다. 위와 같은 접근 방법은 역사전기적 방법과 정신분석학의 방법을 적절하게 활용한 작가 연구 방법의 한 예이다. 또 조두영은 이상이 두 살 때 부모 곁을 떠나 백부에게 양자로 입적되었다는 전기적 삶을 바탕으로 하여 작품 「12월 12일」을 분석했다(<4.1. 棄兒로서의 李箱>과 <4.2. 양자로서의 李箱) 참고).

작가 연구는 작품 이해를 전제하기 때문에 작품의 주제를 파악할 수 있다면, 두 방법 가운데 하나가 절대적 기준이 아니라 상호보완적이라는 입장에서 작가 연구가 진행되어야 하는 것이다.

2) 분석의 실제 (1)

1940년대 청록파의 한 일원이었던 박목월의 「下棺」은 "시집 『蘭·其他』에 실린 것인데 1956년 시인이 동생을 잃은 실제 체험을 시로 표현"[19]한 것이다. 사랑하는 아우의 실제 죽음이라는 작가 전기적 사건과 결부될 때 이 시의 주제가 뚜렷이 부각된다고 할 수 있다.[20]

관(棺)이 내렸다.
깊은 가슴 안에 밧줄로 달아 내리듯.
주여
용납하소서.
머리맡에 성경을 얹어 주고
나는 옷자락에 흙을 받아
좌르르 하직(下直)했다.

---

19) 이숭원, 「박목월 시와 비애의 정서」, 『한국현대시감상론』, 집문당, 1996, 262쪽.
20) 졸저, 『작가연구방법론』(수정판), 역락, 2005 참고.

그 후로
그를 꿈에서 만났다.
턱이 긴 얼굴이 나를 돌아보고
형님!
불렀다.
오오냐. 나는 전신(全身)으로 대답했다.
그래도 그는 못 들었으라.
이제
내 음성을
나만 듣는 여기는 눈과 비가 오는 세상.
너는
어디로 갔느냐.
그 어질고 안쓰럽고 다정한 눈짓을 하고.
형님!
부르는 목소리는 들리는데
내 목소리는 미치지 못하는
다만 여기는 열매가 떨어지면
툭 하는 소리가 들리는 세상

「下棺」.

이처럼 작가 연구에 있어 역사전기적 방법은 텍스트와 작가 생애의 관련성의 접근이라 할 수 있다. 정지용의 특정 사건과 관련한 시 분석, 즉 사랑하는 사람을 잃은 것이 작품 이해의 열쇠가 된다. 그리고 박목월의 「下棺」도 아우의 죽음이라는 특정 사건이 전제될 때, 이 시의 이해가 훨씬 절실하게 와 닿을 것이다.

작가가 체험한 사실을 바탕으로 창작된 시의 경우에는 작가 연구가 필수적이다. 체험이 바탕된 시 한 편과 이 시를 쓴 체험의 내용을 인용하면 다음과 같다.

가)

참 맑아라
겨우 제 이름밖에 쓸 줄 모르는
열이, 열이가 착하게 닦아놓은
유리창 한 장
먼 해안선과 다정한 형제섬
그냥 그대로 눈이 시린
가을 바다 한 장
열이의 착한 마음으로 그려놓은
아아, 참으로 맑은 세상 저기 있으니

「바다가 보이는 교실 · 10 − 유리창 청소」.

나) 창작 배경을 인용하면 다음과 같다.

산중턱에 위치한 학교는 앞으로는 맑고 푸른 남해 바다가, 뒤로는 벚꽃의 도시를 진해를 안고 있는 장복산이 펼쳐졌다. 내가 처음 담임을 맡는 교실에서는 유난히 바다가 잘 보였다. 다른 교실들은 앞에 서 있는 고등학교 건물 때문에 바다가 잘 보이지 않았는데 우리반 교실은 축복처럼 바다가 보였다. 푸른 바다는 접시 속에 담긴 것처럼 늘 고요했고 대죽도, 소죽도라고 부르는 형제섬이 다정하게 떠 있었다. …중략… 초년 교사로 어려움을 겪을 때마다 유리창에 이마를 대고 친구 같은 바다를 바라보며 오랫동안 생각에 잠기곤 했다. 그리고 아이들이 집으로 돌아간 빈 교실에서 바다를 보며 시를 썼다. …중략… 학교에서는 학기초가 되면 환경미화심사라는 것을 했다. 어느 교실이 잘 꾸며져 있는가를 심사해 최우수반을 선정해 그 반 안내판 아래에 아름다운 교실이라는 펜던트를 달아주었다. …중략… 선천성 심장병을 앓는 열이는 체육시간이 되면 운동장에 나가 달리지 못하고 늘 나무 그늘에 앉아 쉬었다. 열이는 아픈 심장으로 하여 친구들과 함께 달릴 수 없었다. 체육 시간마다 풀이 죽어 종이비행기를 접어 날리는 열이의 모습을 지켜보는 내 마음도 아팠다. 열이는 유리창 청소에 아주 열심이었다. 많은 유리

창 중에서 열이의 유리창이 가장 빛났고, 열이의 유리창에 담긴 바
다도 가장 푸르게 빛났다. 나는 열이의 유리창을 볼 때마다 칭찬을
아끼지 않았고, 열이는 더욱 신이나 유리창을 닦았다. 열이가 학교
에 오는 이유는 오직 유리창을 닦기 위한 것 같았다. 유리창은 열
이의 희망이었다. 바다가 보이는 교실 연작시의 10번째 시에 열이
의 마음을 담았다.21)

앞의 인용은 정일근이 진해 남중학교 국어 교사 시절(1986년)에 1
학년 5반 교실의 윤우열이라는 학생의 생활이 바탕한 작품이다. 이
는 작가가 남긴 메모와 인터뷰를 동시에 정리한 내용이다. 만약 그
의 체험적인 바탕을 검토하지 않았다면 시의 멋이 다른 쪽으로 정
리될 수도 있는 작품이다.

이처럼 작가의 일상 생활도 작품 이해의 관건이 되기 때문에 이
를 통한 작가 연구 방법도 한 예가 될 수 있다.

3) 분석의 실제 (2)

앞의 작품 분석은 개인의 생활과 관련한 작가 연구의 방법이다. 그
리고 작가가 속한 시대 상황과 관련한 작가 생애와 작품 관련도 작
품 분석의 한 방법이다. 김기림(金起林)22)의 시를 통해 정리할 수 있다.
김기림은 해방 정국을 전후하여 북에 있던 가족들과 서울에서 상봉
하기 전, 잠시 헤어졌던 아내와의 사연을 시로 표현한 적이 있다.

---

21) 첫 시집에는 국어 교사 시절의 내 비망록과 같은 시편들이 담겨 있다. 나에
게 모교였던 진해 남중학교에 발령을 받고 쓴 시 「바다가 보이는 교실」이
그것이다. 그 시들은 연작시인데, 같은 제목의 첫시집에 10편이 실려있고, 학
교를 떠나 신문사로 옮겨서 낸 두 번째 시집 『유배지에서 보내는 정약용의
편지』에 한 편이 더 실려 있다.

가)

두 빰을 스치는 바람결이 한결 거세어 별이 꺼진 한울 아래

즘생처럼 우짖는 都市의 소리 피해오듯 돌아오면서

내 마음 어느새 그대 곁에 있고나

그대 마음 내게 온 것이냐

陸路로 千里 水路 千里

오늘밤도 소스라쳐 깨우치는 꿈이 둘

街路樹 설레는 바람소리 물새들 잠고대……

그대 아름소리 아닌 것 없고나.

---

22) 김기림(金起林) : 1908~?. 시인·문학평론가·영문학자. 함경북도 성진 출생. 호는 편석촌(片石村). 니혼대학(日本大學) 문학예술과를 거쳐 도호쿠대학(東北大學) 영문과를 졸업하였다. 귀국하여 1933년 구인회(九人會)의 회원으로 가입하였다. 1946년 1월 공산화된 북한에서 월남하였는데, 이때 많은 서적과 가재를 탈취당해 곤궁한 나날을 보냈다. 좌익계 조선문학가동맹에 가담하고, 1946년 2월 제1회 조선문학자대회 때 '우리 시의 방향'에 대하여 연설하였으나, 정부수립 전후에 전향하였다. 6·25 남침 때 납북되어 북한에서 죽은 것으로 알려져 있으나, 그 시기는 알 수 없다. 부인과 5남매가 서울에 살고 있다. …중략… 첫 시집이며 장시인 ≪기상도(氣象圖)≫(彰文社, 1936 : 재판 珊瑚莊, 1948)는 엘리어트의 장시 <황무지(荒蕪地)>의 영향을 받은 것으로, 사상과 감각의 통합을 시도한 주지주의 시라고 할 수 있으며, 현대 자본주의 문명을 비판한 것이다. 제2시집 ≪태양의 풍속≫(學藝社, 1939)은 몇 편의 이미지즘 시를 제외하고는 지적 유희성이 두드러진 것이고, 광복 후의 ≪바다와 나비≫(新文化硏究所, 1946), 좌경적인 ≪새노래≫(雅文閣, 1947) 등이 있다. 그러나 시집 ≪새노래≫는 예술로 성숙하지 못한 실패작이라고 할 수 있다. 평론 및 저서로서 ≪시론(詩論)≫(白楊堂, 1947)·≪시의 이해≫(乙酉文化社, 1950) 등이 있으나, 전자는 1930년대에 영미 이미지즘과 주지주의를 도입하여 우리나라의 시사(詩史)를 전환시킨 중요 시론집이며, 후자는 리처즈의 심리학적 이론에 의거한 계몽적인 저서이다. 이밖에 ≪문학개론(文學槪論)≫(新文化硏究所, 1946)·≪문장론신강(文章論新講)≫(民衆書館, 1949) 등이 있다. 그가 우리나라 시사에 기여한 점은 주지주의 시의 도입과 그 창작, 과학적 방법에 의거한 시학(詩學)의 정립을 위한 노력, 자연발생적인 시를 거부하고 의식적인 방법에 의한 제작의 강조, 음악이나 감정보다는 이미지와 지성의 강조, 그리고 전체시의 주장 등으로 집약할 수가 있다.

그대 있는 곳 새 나라 오노라 얼마나 소연하랴
병 지닌 가슴에도 薔薇같은 希望이 피어
그대 숨이 가빠 處女처럼 수다스러우리
회오리바람 미친 밤엔 우리 어깨와 어깨 지탱하야
찬비와 서리빨 즐거히 맞으리
자빠져 김나는 몸둥아리 하도 달면 이리도 피해 달아나리

새 나라 언약이 이처럼 화려커늘
그대와 나 하로살이 목숨쯤이야
빛나는 하로아츰 이승인들 어떠랴

「戀歌」.

나) 창작 배경을 인용하면 다음과 같다

김기림이 8 · 15 해방을 맞게 된 것은 고향에서였다. 거리에는 온통 감격과 환희의 물결로 가득차 있었다. 김기림도 그대로 머물러 있을 수만은 없어 한달음 서울로 달려 온 것이다. …중략… 그러나 이런 감격과 환희는 잠시였을 뿐이며, 아무래도 그 시대의 흐름이 심상치 않았음을 간파한 김기림은 이듬해 고향으로 가서 가족을 솔거하여 밀선을 타고 동해로 탈출해 서울에 왔다. 이때 부인은 젖먹이 막내 세훈과 함께 고향에 남았었다. 재산을 좀 정리해서 가져오기로 하고 남았던 것이다. 그러나 남북의 정치 상황은 급변하고 있었다. 금시라도 무슨 일이 일어날 것만 같은 불안과 긴장감이 팽배되어 갔다. 김기림은 고향에 두고 온 아내와 젖먹이 걱정으로 밤잠을 이루지 못했다. 함께 데려 오지 못한 것이 몹시 후회스러울 뿐이었다. …중략… 고향에 두고 온 아내를 그리면서 쓴 시라고 한다. 그 당시 김기림의 불안하고 후회스러운 심경이 잘 나타나 있다.

김학동, 「4. 민족 분단의 아픔과 비극적 행각」, 『김기림 평전』,
새문사, 2001, 57~60쪽.

작가 연구의 한 방법은 작가의 전기를 통해 작품을 분석하는 것이다. 즉 작가와 관련한 전기적 정보들을 동원하여 작품을 분석하는 방법론이다. 무엇보다도 작가 연구가 선행된다는 점에서 다른 시 분석 방법과는 다른 점이다. 이는 작품의 미학적 특징보다는 작품 분석에 치중한다는 점에서 중요한 방법이다.

3. 종합적 방법

1) 분석의 틀

앞에서는 각기 하나의 방법론으로 시를 분석했지만, 이는 편의상 분석 방법에 대한 설명의 필요에 의한 것이었다. 그러나 실제 작품 분석의 경우는 여러 방법을 동시에 접근하게 되는 경우가 많다. 여기서 하나의 예를 들어 설명하면 다음과 같다.

```
1연 1행 : ........................................
    2행 : ........................................
    3행 : .......... (지배소) ..........
    4행 : .......... (수사법) ..........

2연 1행 : ........................................
    2행 : .......... (지배소) ..........
    3행 : ........................................
    4행 : .......... (수사법) ..........
```

한 작품을 실제 분석할 때, 그 작품에서 주제를 암시하는 어떤 징후를 포착하게 되면, 그 징후를 중심으로 시를 분석하는 것이 타당하다. 하지만 때에 따라 여러 가지 방법이 동원되어 시를 분석할 경우가 있다. 이럴 경우 <선택−선행의 종합적 방법>으로 분석해야 한다. 본 장에서는 김기림의 작품을 여러 가지 방법으로 실제 분석한 경우이다.

2) 분석의 실제

1930년대 구인회(九人會) 회원이면서 대표적인 모더니스트인 김기림의 주요 작품인 「바다와 나비」의 전문을 인용하면 다음과 같다.

> 아무도 그에게 수심(水深)을 일러 준 일이 없기에
> 흰 나비는 도무지 바다가 무섭지 않다.
> 청(青)무우밭인가 해서 내려갔다가는
> 어린 날개가 물결에 절어서
> 공주처럼 지쳐서 돌아온다.
>
> 삼월달 바다가 꽃이 피지 않아서 서거픈
> 나비 허리에 새파란 초승달이 시리다.

김기림, 「바다와 나비」.

위의 작품은 다양한 관점을 가지고 접근할 수 있는데, 이를 종합적 방법이라 한다. 작품 분석과 작품성의 간극(間隙)을 줄이는 것이 종합적 방법의 장점이라 할 수 있다. 이는 복합 이론의 접목 방법과는 다소 차이가 있다. 왜냐하면 시와 관련한 몇 가지 이론을 실제 접목시켜 분석하는 것이 아니기 때문이다. 단지 작품의 주제를 파악할 수 있는 방법론으로 분석하는 것이 특징이다.

3.1. 지배소 선택의 방법

'흰 나비'와 '바다'가 이 시의 지배소이다. 그래서 이 두 시어를 중심으로 시를 분석하는 것이 타당하다. 우선 '흰 나비'는 '청(青)무우밭'에 닿고 싶어한다는 것을 알 수 있다. 여기서 '흰 나비'는 자연물의 상징이지만 시적 화자의 대칭이라 할 수 있다. 그리고 '청(青)무우밭'은 새로운 공간 세계로 갈 수 있는 열린 공간이다. 이 열린 공간을 '바다'로 잘못 생각해서 다가갔지만 지쳐서 돌아오고 만다는 것은 열린 공간에 대한 인식의 잘못과 시련이라는 의미를 내포한다. 물론 인식의 오류는 '청(青)무우밭'과 '바다'의 색감(푸른색) 때문이다. 따라서 이 시는 열린 세계(혹은 미지의 세계)에 대한 접촉(접근 / 동경)과 좌절이라 할 수 있다.

3.2. 수사 선택의 방법

나비는 수사법으로 의인법이다. 바다를 무서워하지 않는다는 의미는 인식의 문제다. 따라서 이러한 인식은 자연히 바다에 대한 해석으로 이어진다. 바다는 미지의 세계 혹은 열린 세계로 닿는 하나의 통로이다. 이는 바다가 가지는 은유법의 함축성이다. 따라서 바다가 가지는 은유적 상징은 자연스럽게 수사적 장치가 된 부분을 고려해 보면, 직유법의 장치가 있는 "공주처럼 지쳐서 돌아온다"는 부분과 관련을 맺는다. 그래서 공주는 아름답고, 우아하고, 예쁘다는 전형적 특징보다는 세상 물정을 모르고 궁에 갇힌 화초 같은 존재다. 그래서 지쳐서 돌아온다는 것은 세상에 대한 새로운 경험과 동시에 시련의 경험이라 할 수 있다. 이러한 시련의 경험은 "나비 허리에 새파란 초승달이 시리다"라는 공감각적(共感覺的) 표현에서도 잘 드러난다. 따라서 이 시를 수사적 장치로 분석한다고 하더라도 열린 세계에 대한 접촉(접근 / 동경)과 좌절이라는 1920년대 시인이 처한 시대 상황과 관련한 분석으로 볼 수 있다.

3.3. 구조 선행의 방법

김기림의 시 「바다와 나비」를 대상으로 하여 구조 선행의 방법으로 분석하면 다음과 같다.

시에서 한 행씩의 의미를 지니고 있다고 전제하고 시를 해석하는 것이다.

1연 1행: 아무도 그에게 수심(水深)을 일러 준 일이 없기에
　－ 분석: 그(정체는 2행에서 밝혀진 것처럼 흰 나비이다)에게 바다의 깊이를 알려 준 적이 없다는 것은 주체가 상실된 채 메시지만 전달되고 있다.

1연 2행: 흰 나비는 도무지 바다가 무섭지 않다.
　－ 분석: 흰 나비는 바다가 무섭지 않다는 것으로 해서 친근함의 공간으로 인식하게 된다.

1연 3행: 청(靑)무우밭인가 해서 내려갔다가는
 － 분석 : 친근함의 공간은 곧 청(靑)무우밭이라는 구체적 공간으로
　　　　　설정된다. 그래서 내려갔다는 것은 친근함에 대한 접촉,
　　　　　또는 항유로 해석할 수 있다.

1연 4행: 어린 날개가 물결에 절어서
 － 분석 : 어린 날개란 것은 미숙하고 아직 경험이 적고, 그래서 세
　　　　　상에 대해 순수한 나비가 물결(바다의)을 지평의 공간인
　　　　　줄 알고 닿았지만 수평의 공간임을 깨닫게 되는 순간, 그
　　　　　는 고통을 맛보게 된다는 의미이다.

1연 5행: 공주처럼 지쳐서 돌아온다.
 － 분석 : 나비가 고통의 순간을 맛보고 돌아온다는 것은 청(靑)무우
　　　　　밭의 접촉에 실패했다고 보는 것이다.

2연 1행: 삼월달 바다가 꽃이 피지 않아서 서거픈
 － 분석 : 2연에서는 1연에 대한 전체적인 분위기를 꽃 피지 않는
　　　　　삭막한 3월로 묘사하고 있다.

2연 2행: 나비 허리에 새파란 초승달이 시리다.
 － 분석 : 2연의 마지막 행에서는 역시 미지의 세계에 대한 동경과
　　　　　좌절을 반복함으로써 시련과 좌절의 의미를 증폭시키고
　　　　　있다.

　위의 시를 구조적으로 분석하더라도 이 시는 열린 세계에 대한
접촉(접근 / 동경)과 좌절이라는 1920년대 시대 상황과 시인 의식의
반영으로 볼 수 있다.

3.4. 작가 선행의 방법

김기림은 1920년대 이미지즘 시의 수용자이면서 모더니스트이다. 그래서 대개의 평자들은 "모더니즘 시론의 확립을 위해 김기림은 1920년대의 센티멘탈, 로맨티시즘과 이데올로기를 표방한 카프파의 편내용주의를 배격하고 시의 회화성을 추구하여 주지적 태도를 견지한 것이다."고 한다. 그러나 "시의 정감적 속성을 전적으로 부정한 나머지 시는 지나치게 건조하여 정서를 환기시킬 수 없었고, 풍자성만으로 회화한 결함을 면치 못한 것도 사실이다. 그는 이런 결함을 알고 자기 반성과 함께 시적 전환을 시도하여 『바다와 나비』를 이룩한 것"23)이다. 이 시집 가운데 「바다와 나비」를 작가 선행의 방법으로 분석해 보겠다. 먼저 김기림에 대한 자료 조사를 통해 이 시의 의미를 해석할 수 있다. 김학동의 『김기림 평전』에서 이 관련 자료를 찾아 정리하면 다음과 같다.

가)

그 후 『바다와 나비』에서 시도한 김기림의 시작 태도는 어떠했던가? 이에 대해서 시집의 '머리ㅅ말'에서 스스로 밝히고 있는 바, 시대 상황과 관련하여 자아 내부로 향해진 지적 고뇌로 집약된다. 그 시대 직접적인 생활 체험에서 느끼는 우리 지식인들의 한계 상황으로 야기되는 '번민'을, 그는 이렇게 말하고 있다.

<1939년 제2차 세계 대전의 발발은 벌써 피할 수 없는 '근대' 그 것의 예고로 들렸으며, 이 위기에선 '근대'의 초극이라는, 말하자면 세계사적 번민에 우리들 젊은 시인들은 마조치고 말었던 것

---

23) 김학동, 「5. 정감의 시세계와 전환적 의미」, 『김기림 평전』, 새문사, 2001, 135쪽.

이다. 이러한 일들이 일본제국주의의 조선에 대한 점점 고조로 향하는 정치적 문화적 침략의 급한 '템포'와 집중사격과 함께 닥쳤으며 따라서 생활의 체험을 통해서 실감되어 왔던 것은 물론이다. 1945년 8월 15일까지 약 5, 6년 동안의 중단과 침묵은 다름 아닌 우리 시단의 세계와 자신에 대한 二重의 커다란 고민을 품은 침통한 표정이었다(「머리ㅅ말」, 『바다와 나비』, 신문화연구소, 1946, 1면)>.

1940년을 전후하여 전환된 시대 상황과 관련하여 그의 시작 세계의 변화를 시사한 것이다. 제2차 세계대전의 발발로 강대국의 파산이 예고됐고, 위기 의식이 노정되면서 시인들은 세계적 번민과 마주하게 되었다. 한마디로 해서 일체의 탄압정책이 극화되어 침묵으로 일관된 한국 시단의 세계와 자신에 대한 이중의 고민을 안고 있었던 침통한 표정을 보인 것이 『바다와 나비』에 수록된 시편들이 지니는 특색이 되기도 한다.

나)

1934년 4월호 ≪여성≫지에 발표된 「바다와 나비」는 그의 세 번째 시집의 제목이기도 하다. 시집 『바다와 나비』에서 가장 대표할 만한 작품으로 작자도 생각한 것으로 생각된다. 그 초기시와는 전혀 다른 정감적 세계를 노래하고 있다. …중략… 푸른 바다를 '靑무우밭'으로 알고 뛰어들었다가 그 물결에 젖어서 공주처럼 돌아 온 '나비'를 노래한 것이 「바다와 나비」이다. "바다가 무섭지 않다"는 '흰 나비', 이것은 무지의 순수한 상태로서 투명한 지성을 표방한 초기시와는 다른 정감의 세계이다. 푸른 물결을 청무우밭으로 착각하고 날아드는 '흰 나비'를 통해서 순정의 세계를 체험하고 있다. 아직 꽃이 피지 않은 이른 봄, 그래서 '흰 나비'는 바다로 날아 든 것이다. '흰 나비'가 '공주'로 연계되면서 '가냘픈 맛'을 더하고, 그리고 "나비 허리에 새파란 초생달이 시리다"라는 결미행절에 이르러 서정의 극치를 보이고 있다. '나비'를 보는 작가의 시각조차도 정감적인 것이 아닐 수 없다. 그

> 초기의 지적 차원과는 달리, '나비'를 순수하고 가냘픈 속성으로 형상
> 화하고 있다. '새파란 초생달'조차도 그 초기시에서 배제되었던 것으
> 로 '흰 나비'와 '공주'와 '초생달'로 이어지고 있는 것이다. '나비'를
> 사물화한 것이 아니라, '나비'를 의인화하여 바다로 뛰어드는 심경,
> 이것은 분명 서정적인 정감의 속성이 아닐 수 없다.
>
> 김학동, 「5. 정감의 시세계와 전환적 의미」, 『김기림 평전』, 새문사, 2001, 139~140쪽.

새롭게 열린 세계에 대한 나비의 접촉(접근 / 동경)과 좌절이라는
주제의 이면에는 1920년대 시대 상황과 관련한 분석으로 시인의 의
식 세계를 볼 수 있다.

이처럼 한 작품에 대한 다양한 접근 방법(종합적 방법)이 갖는 의
미는 해석의 다양성 못지 않게 작품에 대한 정확한 이해를 전제로
한다는 점이 중요하다.

4. 이론 접목의 방법

앞에서 검토한 <선택−확대의 방법>과 <선행−확대의 방법>과
는 달리 <이론 접목의 방법>은 문학 연구에 필요한 이론들을 접
목하여 시를 분석하는 방법이다. 시 분석에는 한 작품을 대상으로
할 때, 단일한 이론 접목의 방법이 있을 수 있지만, 경우에 따라서
는 다양한 방법을 통해 시를 분석할 수도 있다. 물론 앞에서 검토
한 두 방법론보다는 깊이 있는 연구와 분석이 시도된다는 점에서
장점이 있지만, 사전에 많은 노력이나 연구가 필요하다. 한 작가의

전 작품을 대상으로 하는 연구 논문이나 저서와는 달리 한 작품을 전제로 한다는 점을 기억해 두어야 한다. 하나의 이론으로 한 작가의 전 작품을 분석할 수 있고, 또 한 작품마다 각기 다른 이론을 접목하여 분석을 시도할 수 있다. 다만 여기서는 한 작품을 대상으로 한다는 전제에서 분석 방법을 검토하겠다.

4.1. 분석의 틀

시 분석을 위해서 다양한 이론을 깊이 있게 탐색한다는 것은 중요한 일이다. 그러나 각 이론서를 탐독하여 연구한다는 것은 불가능한 일이다. 깊이 있게 연구한다는 것은 그 분야의 권위자이거나 연구자일 경우 마땅하지만 시 분석을 위해서는 어느 정도의 선이 있어야 할 것이다. 물론 이상적으로 보자면 그 분야의 권위자가 분석하는 것이 좋을 것이다. 하지만 자칫하면 문학 분석보다는 이론 설명을 위해 인용되는 일이 될 수 있다. 따라서 어느 정도란 것이 참으로 애매하고 모호한 설정임은 사실이다. 그래서 작품 분석에 꼭 필요한 경우에만 이론 탐구를 통해 시 분석과 접목시켜야 한다. 이때 문학과 인접 학문의 관계를 고려해야 한다.[24]

우선 시 분석 이전에 이론 탐색에 필요한 과정이 있어야 할 것이다. 그 과정을 짚어보면 다음과 같다.

이론 탐색에 필요한 국내 이론서를 찾고, 이 가운데 체계적인 각론을 찾아 탐독한다. 시 분석에 필요한 각론의 경우 파악해야 할 것은 다음과 같다.

---

24) 졸고, 「문학, 영화, 책」, 『비평과 삶의 감각』, 역락, 2004, 230~235쪽.

① 전체적인 내용 파악
② 시 분석과 관련한 이론을 선택해서 정리
③ 시 분석과 이론의 접목
④ 실천 비평으로 나눈다.

시 분석 텍스트 선정과 이론 접목의 방법에 대해 검토해 보겠다. 가령 정현종의 시와 주술의 원리에 관해서 예를 들어 설명해 보자.

정현종은 중앙 문단에서 활발하게 활동한다는 점에서 주목하였다. 그와 관련한 시집과 평문 등을 일별하면, 대체로 연구 대상이 될 수 있다는 판단이 섰다. 그래서 시 작품 가운데 대표작이거나 눈에 띄는 시작을 찾았다. 그 가운데 『한 꽃송이』(문학과 지성사, 1992 / 1996, 6쇄)의 「좋은 풍경」을 가렸다. 시 분석의 대상이 선정되었기 때문에 이를 분석할 이론적 근거를 찾았다. 물론 사전에 비평에 관련한 여러 지식들이 어느 정도(최소한 추상적으로라도) 배경 지식이 있어야 한다.

「좋은 풍경」 가운데 제 4~6행까지 눈에 띄었다. 이는 주술 원리로 설명될 수 있다는 판단이 섰기 때문에 몇 가지 자료를 검토하였다. 검토 자료의 순서는 다음과 같이 정했다.

① 선행 연구의 작가(작품)론
② 선행의 구체적인 작품(대상) 분석의 평문이나 논문
③ 작품 분석과 관련한 이론 서적
④ 외국 관련 서적
⑤ 작품과 관련한 작가 전기 연구

물론 연구 자료는 이와 같이 순서가 정해진 것은 아니다. 정현종과 관련하여 검토 자료를 정리하면 다음과 같다.

① 선행 연구의 작개(작품)론 :

김 현, 「술 취한 거지의 시학 – 정현종의 문학적 거리」, 『분석과
　　　해석』, 문학과 지성사, 1985.
박종석, 「정현종론」, 『한국 현대시의 탐색』, 2001.

② 선행의 구체적인 작품(대상) 분석의 평문이나 논문 :

정효구, 「좋은 풍경을 보여 드립니다」, 『시 읽는 기쁨』, 작가정신,
　　　2001.

③ 작품 분석과 관련한 이론 서적 :

정종진, 『한국 현대 문학의 성 묘사 전략』, 우리 문학사, 1990.
조동일, 「국문학연구와 인접학문의 관계」, 『국문학연구의 방향과
　　　과제』, 새문사, 1989(3쇄).
국어국문학회, 『국어국문학과 구미이론』, 지식산업사, 1989.

④ 외국 관련 서적 :

멀치아 엘리아데(이동하 역), 『성과 속 : 종교의 본질』, 학민사,
　　　1993(2판 1쇄).
D. H 로렌스(김병철 역), 『性과 문학』, 일한도서, 1966.
S. 프로이트 / C.S 홀 / R.오스본 지음(설영환 옮김), 『프로이트 심리학
　　　해설』, 선영사, 1994.
S. Freud(김성태 역), 『정신분석입문』, 삼성출판사, 1994.
J. G. Frazer(장병길 역), 『황금가지』(Ⅰ·Ⅱ), 삼성출판사, 1993.
죠르쥬 바따이유(조한영 옮김), 『에로티즘』, 민음사, 1995.

⑤ 작품과 관련한 작가 전기 연구

「대담 : 시, 새로운 시작을 위하여」(정현종 / 이광호), 『정현종 - 깊
        이 읽기』, 문학과 지성사, 1999.
「자전적 에세이 : 나의 유토피아, 화전(花田) : 정현종」, 『정현종
        - 깊이 읽기』, 문학과 지성사, 1999.
「죽음의 고통으로부터 '생명의 황홀'로 나아가는 길(이경호)」, 『정
        현종 - 깊이 읽기』, 문학과 지성사, 1999.

　위의 저술 가운데 프레이저의 이론이 가장 적절한 방법론이라는
판단을 했기 때문에 이를 원용하는 것이다. 서구 이론의 적용과 실
제를 보여 준 예를 정리하면 다음과 같다.

　국내에 소개된 주술 관련 도서 가운데 중요한 저서인 프레이저의
『황금가지』를 탐독하여 그 전체적인 내용을 파악한다. 그리하여 시
분석과 직접적인 관련 있는 내용을 정리한다. 정리한 다음 시 분석
에 따른 중요한 시(어) 부분을 접목하여 분석을 시도한다. 이에 대한
구체적인 논의는 다음 장을 참고한다. 정현종에 대한 분석 체계를
요약 정리하면 다음과 같다.

정현종 시의 주술성　　　→ 대상 선정과 동시에 이론 접목의 방향성 제시
Ⅰ. 서론　　　　　　　　→ 문단(학)사적 평가 및 문제 제기
Ⅱ. 시 분석의 이론적 배경 → 이론 탐색 및 구체적 적용 방향 검토
Ⅲ. 1. 동종 주술의 원리 → 시 분석의 이론과 적용 (1)
Ⅲ. 2. 접촉 주술의 원리 → 시 분석의 이론과 적용 (2)
Ⅳ. 결론　　　　　　　　→ 결론

실제 이론 적용과 분석을 어떻게 할 것인가? 그 과정을 정리하면 다음과 같다.

    * 과정: 시 텍스트 선정 → 이론 탐색 및 정리(분석에 필요한 용어 및 인용) → 실제 분석

평가의 과정은 크게 5단계로 나눌 수 있다. 우선 개별 작품에 대한 감상 → 선별 작품에 대한 평(評) → 론(論) → 전체 작품에 대한 체계적인 연구(研究) → 다수 연구자들의 중첩된 결과를 토대로 하여 한국문학사 기술의 형태로 발전한다. 따라서 본 졸저에서 다루게 될 내용은 론이나 연구의 방향에 도움이 되도록 구성하였다. 감상이나 평은 비평가의 직관에 의존하는 경우가 많고, 이론이나 연구는 비평가의 체계적인 이론을 바탕으로 하기 때문이다. 객관성의 확보와 논리적 타당성을 바탕으로 이론을 적용해야 한다.

4.2. 이론 탐색 및 접목의 검토 (1)

프레이저(J. G. Frazer, 1854~1941)는 1883년 ≪브리태니커 백과사전≫ 편집인이었던 윌리암 로버트슨 스미스(Willam Robertson Smith)가 사전에 실을 「토템」과 「터부」에 관한 맹아적 논문을 부탁했는데, 이것을 정리하여 1887년 『토테미즘』이 되었다가 1910년 『토테미즘과 족외혼』의 저작으로 발전했고, 「터부」는 『황금가지』(1890)로 발전했다. 초판은 1890년 2권에서 1900년 재판에는 3권, 1906~1915년 세 번째는 색인을 포함해서 12권, 생애 말년에 1936년 보충판을 덧붙여 13권(4판)으로 출판했는데, 독자들의 요청에 의해서 1922년

2권의 축약본을 만들었다.

국내에 번역 소개된 『황금가지』는 12권의 원칙과 원리를 조금도 바꾸지 않고 예증만 축소시켜 간결하게도 요령있게 <주술과 종교의 문제>를 중심으로 프레이저가 직접 엮은 책이다. 필자가 참고한 내용은 1922년에 축약한 것이 아니라, 그의 사후 1957년 2권으로 나누어 출판한 축약본인 장병길 역의 삼성출판사(1990 / 1993 6쇄 발행)을 참고하였다. 방대한 분량을 모두 이해하려면 여러 가지 어려운 점이 많은 것이 사실이다. 따라서 전체적인 내용을 이해할 수 있도록 소개한 장병길의 <『황금가지』 해제>(17쪽)를 참조하였다.

가) 내용의 구성

축약판	제3판	
제1장~제17장	제1부 주술과 왕의 신화	2권
제18장~제23장	제2부 터부와 영혼의 위기	1권
제24장~제28장	제3부 죽어가는 신	1권
제29장~제44장	제4부 아도니스·아티스·오시리스	2권
제45장~제54장	제5부 곡물과 야생 식물의 정령	2권
제55장~제60장	제6부 속죄양	1권
제61장~제69장	제7부 태양신 발데르: 유럽의 축화(祝火)	2권

나) 내용

제1부는 '주술과 왕의 신화'에서는 주술과 종교에 관한 관계와 사제왕(司祭王)의 유래를 설명하고 있으며, 제2부는 '터부와 영혼의 위기'에서는 인간의 이중성 또는 생명 원리를 분석하고 있다. 여기서 프레이저 영혼에 대해서는 타일러의 입장을, 그리고 생명의 원리에 대해서는 R. R. 아레트적인 입장을 표명하고 있다. 즉 터부는 생명 원리

를 보호하는 기능을 한다고 프레이저는 해석하고 있다. 제3부 '죽어 가는 신'에서는 왜 왕이 병에 걸리거나 쇠약해지거나 늙으면 그를 죽여 버리는가를 인상적인 필치로 분석하고 있다. 제4부 '아도니스·아티스·오시리스'에서는 농경과 관련된 의식을 해석하고 있으며, 제5부 '곡물과 야생 식물의 정령'에서는 농경과 관련된 의식을 해석하고 있다. 여기서 프레이저는 미개인들이 봄에 식물이 다시 물이 오르고 잎이 파릇파릇하게 돋아나는 것을 죽음으로부터의 부활이라고 보았으며, 겨울이 되어 식물이 추한 잔해를 남기고 사라져가는 것을 죽음이라고 보았다는 것을 지적하였다. 그리고 프레이저는 이 미개인의 의식을 기독교의 부활 의식이 바로 이 이교도의 의식으로부터 비롯되었다는 것을 기독교의 비난을 받지 않을 정도로 매우 완곡하고 교묘하게 서술하고 있다. 제6부 '속죄양'에서 프레이저는 미개인이 인간의 힘으로는 어쩔 수 없는 자연의 변화를 신의 분노라고 생각하고 속죄양을 제물로 삼았으며, 그것이 문명시기로 내려옴에 따라 산 제물에서 가짜 제물로 변천한 과정을 기술하고 있다. 마지막 제7부 '태양신 발데르'에서 프레이저는 스칸디나비아의 신 발데르의 신화와 외혼(外婚)의 원리를 추구하고 있다.

구조인류학의 창시자인 레비-스트로스(Claude Levi-Strauss)는 영국을 <프레이저의 나라>라고 말한 그의 저서는 수많은 학문에 영향을 주었고, 테니슨·T. S 엘리어트·E. 파운드·D. H 로렌스와 같은 수많은 작가들에게 영향을 끼쳤다.

『황금가지』의 본래 목적은 아리키아(Aricia)에 있는 디이나의 사제적 계승을 규제하는 주목할 만한 규칙을 설명하는 데 있다. 종교에 관한 지적 호기심이 아니라 '종교에서의 인간 과학의 새로운 방향 설정을 보여 주려고 했다.'는 것이 번역자 장병길의 견해다.

필자는 종교인류학자가 아니다. 다만 문학 작품은 풍부하게 이해하기 위한 방편으로만 이용하고자 한다. 따라서 선택적으로 탐독할 수밖에 없다. 축약본의 제1, 2, 5, 6부가 문학 연구에 도움이 되는 것이라고 판단된다. 따라서 이에 대한 내용을 검토하여 문학 연구의 이론 정립과 실천이라는 두 고리를 찾고자 한다.

이 책에서 가장 유익한 이론이면서 문학 적용의 법칙을 응용하는 데 매우 유익한 것은 주술(呪術) 이론이다. 공감주술(共感呪術, sympathetic magic)은 크게 두 가지로 구별되는데, 하나는 동종주술(同種呪術) / 모방주술(模倣呪術)이고, 감염주술(感染呪術) / 접촉주술(接觸呪術) 등이다. 이에 대한 내용을 편의상 나누어 정리하면 다음과 같다.

*** 동종주술(同種呪術) / 모방주술(模倣呪術)**

가) 주술의 설명

유사는 유사를 낳는다는 원리의 가장 보편적인 적용은 아마 적(敵)의 상(像)이 괴로워하면 그 상의 당사자도 괴로워하고, 그 상이 파괴되면 그도 죽는다는 신앙에서 적의 상을 해치거나 깨뜨림으로써 그 적을 해치거나 괴멸하려고 여러 시대에 걸쳐 민족에 의해서 실천되었던 시도이다.

나) 주술의 실례

① 부정적 효과 – 북아메리카의 인디언은 모래, 재, 진흙 등에 인물상을 그리거나 어떤 물체를 그의 신체로 간주하고 예리한 막대기로 그것을 찌르거나 어떤 해를 입힘으로써 그 인물의 당사자에게 아주 똑같은 피해를 가할 수 있다고 믿는다. 또 오지브와 인디언들은 누구를 해치려고 할 때, 그 적을 뜻하는 목상(木像)을 만들어서 그 머리나 심장에 바늘을 꽂거나 화살을 쏘거나 한다. 그러면 동시에 적은 바늘이 꽂힌 곳이나 화살을 맞은 곳에 상응하는

육체의 부위를 격통을 일으킨다고 믿는다(장병길, 47쪽), ② 긍정적 효과 – 출산을 돕거나 질병 치료 효과를 가져온다는 점이다. 수마트라의 바타크 족은, 어머니가 되고 싶은 불임녀는 아기의 목상을 만들어 이것이 소원을 성취시켜 주리라고 믿으면서 두 다리 사이에 낀다.

다) 한국의 실례(『황금가지』 내용에서 제외)

한국 고전극 드라마 가운데 빈과 비의 갈등에서 빈의 욕망 때문에 비의 인형을 만들어서 특정한 신체 부위에 주술을 주어서 고통을 주는 것이다. 1980년대 반미 감정이 고조되었을 때, 미국의 성조기를 불태우는 행위나 미–이라크 전쟁에서도 볼 수 있다. 우리나라에서도 대추를 많이 열리게 하기 위해서 나뭇가지 사이에 큰 돌을 끼워 가지를 벌어지게 한다. 물론 광합성 작용도 있지만 상당히 성적 교합의 상태를 연상할 수 있는 것이다.

* 감염주술(感染呪術) / 접촉주술(接觸呪術)

가) 주술의 설명

결과는 그 원인을 닮는다는 것이다. 내가 감염주술이라고 했던 공감주술의 다른 하나의 큰 분야는 전에 한 번 접촉했던 것이 그 후에 서로 헤어질 때에도 하나에 대해서 행한 모든 것은 똑같은 다른 하나에서 틀림없이 영향을 끼친다는 공감적 관계에 영원히 있게 된다는 관념에 입각해서 진행될 것이다(75쪽).

나) 주술의 실례

감염주술의 가장 보편적인 예는, 머리카락이나 손톱, 발톱과 같은 인간의 육체에 붙었던 부분과 그 사람 자체의 사이에 있다고 상상되는 주술적 공감이다. 다른 사람의 머리카락이나 손톱, 발톱을 손에 넣은 사람은 누구든지 그 머리카락이나 이빨의 주인에게 자신의 의지를 어느 곳에서도 작용시킬 수 있다.

다) 한국의 실례(『황금가지』 내용에서 제외)

군대 복무 중 야외 훈련을 갈 경우 손톱이나 발톱을 깎아 편지 봉투에 이름과 군번을 써서 부대에 보관했다.

주술은 사적 주술과 공적 주술로 나누는데, 공적 주술사는 부족의 복지를 위해서 가장 중요한 것 중 하나는 기후의 조절, 적절한 강우(降雨)의 보장이다. 이들이 취하는 방법은 동종(모방)주술이다. "비를 내리게 하려면 비를 모방해서 물을 뿌리거나 구름을 모방한다. 또는 그들의 목적이 비를 그치게 하고 맑은 하늘을 얻는 것이라면 물을 피하고 과도한 비를 그치게 하고 맑은 하늘을 얻는 것이라면 물을 피하고 과도한 습기를 말려 버리기 위해서 온기와 불을 쪼인다."(105쪽).

여기서 한 가지 주목할 사실은 주술과 터부, 상식과 계율의 차이에 대해서 알아 둘 필요가 있다. 프레이저는 적극적 주술 혹은 마술은 이러이러한 일이 일어나기 위해 이것을 행하라고 일러준다는 것이고, 소극적 주술 혹은 터부는 바라지 않는 결과를 피하는 일이다. "원하는 결과가 주술적인 의식을 집행함으로써 실제로 일어나지 않는 것과 똑같이, 두려워하는 결과는 터부를 범함으로써 실제로 일어나지 않는다. 생각되었던 재앙이 터부가 아니라 도덕 혹은 상식의 계율이다. 예를 들어, '너의 손을 불 속에 넣지 말라'고 명령한 것은 터부가 아니라 그것은 상식의 법칙일 뿐이다.

터부의 목적은 "무서운 영적인 위험이 그런 사람들에게 도달하지 않고 그런 사람들로부터 만연되지 않게 하기 위해서 사회의 다른 사람으로부터 차단하는 것이다."(300쪽). 터부가 되는 사물(철 / 무기 /

피 / 머리 / 머리카락 / 이발 / 모발과 손발톱 / 수액 / 식품 / 매듭과 반지)과 터부가 된 언어(사람 이름 / 친족 이름 / 사자의 이름 / 왕과 신성한 자들의 이름 / 신들의 이름 등)로 나누어진다. 여기서 한 가지 재미있는 일화는 철에 관한 정조(正祖)의 이야기이다. 1800년 한국의 정조대왕은 등에 난 종양으로 죽었다. 그런데 바소(破鍼: 곪은 데를 째는 침)를 쓰면 생명을 구할 수도 있었지만, 누구 하나 그것을 쓰려는 사람이 없었다(「제21장 터부가 된 사물」, 301쪽). 어떤 왕이 입술의 종기로 괴로워하고 있을 때, 그의 시의(侍醫)는 광대를 불러들였다. 그는 농담을 걸어서 왕을 크게 웃겨 종기를 터뜨렸다고 한다. 이러한 근거는 "철에 대한 이 미신적 반발은 아마 철이 아직 진기하고, 따라서 많은 사람들이 의심과 증오의 눈으로 보았던 사회 역사의 초기에서부터 시작되었을 것이다. 왜냐하면 새로운 것은 무엇이나 미개인의 외포(畏怖)와 두려움을 자극하기 쉽기 때문이다."(302쪽).

터부와 주술이 혼재된 형태로 나타나기도 한다. 하나의 예는 에스키모의 소년들은 실뜨기 놀이가 금지되어 있는데(터부), 그 까닭은 그것을 행하면 어른이 되어서 고래잡이의 작살 줄에 손가락이 감기게 될 것이라는 것이다. 이 터부는 확실히 동종주술의 기초가 되어 있는 유사법칙의 적용이다.

동종주술의 원리에 의거해서 인간은 자신의 행동이나 혹은 좋은 성격이나 나쁜 성격에 의해서 식물의 성장에 좋거나 좋지 않는 영향을 끼칠 수 있다. 예를 들면, 아이를 많이 낳은 부인은 식물을 풍성하게 하고 불임의 여자는 그것을 흉작에 그치게 한다는 것이다.

프레이저는 우주 전체에 대한 사유 과정을 문화적 단계의 문제라고 보고 있다. 그 과정을 <주술의 시대 → 종교의 시대 → 과학의

시대>로 인식하고 있는 것이다. 다음은 편자의 말을 인용한 것이다. 이는 책에 대한 문제점이자 이해의 핵이라는 곁다리 텍스트성(김현)을 지니기에 주의 깊게 인용한다.

사람들이 비를 원한다고 하자. 사람들은 처음에는 비를 기원하는 춤을 추는데, 이는 보통 잘 듣지 않는다. 이것이 주술의 시대다. 그리하여 성공을 거두지 못하면 사람들은 다음 단계 조치로 무릎을 꿇고 기도를 올린다. 이것이 종교의 시대다. 기도가 듣지 않으면 사람들은 자연계의 정확한 원인을 조사하기 시작하며, 새로 얻은 이해를 바탕으로 사태를 개선하려고 한다. 이것이 과학의 시대이며, 우리는 오늘날 이 시대에 살고 있다고 프레이저는 주장했다. 주술과 과학은 개입의 수단이라는 공통성을 지니며, 반면에 종교는 모든 책임을 신에게 떠넘기는 것이다. 그러나 주술과 과학이 공유하는 의도의 근접성 때문에, 후자는 개명(開明)된 것이며 전자는 그렇지 않다는 사실을 간과해서는 안 된다. 후대에 이르러 주술에 의존하는 것은 모두 퇴보다. 명백하게 발생하는 그러한 퇴보에 직면하여 과학이 취해야 할 올바른 태도는 그것을 응당 검토해 보아야 할 현상 그 자체로 간주하는 것말고는 달리 없다. 당대의 신비주의자들이 흔히 그랬듯이, 고찰해야 할 현상을 무조건적으로 수용하여 그 과정을 혼란에 빠뜨리는 것은, 프레이저의 주장에 따르면 과학적 방법의 훼손인 동시에 시대 착오다.

서문 / 편자, 로버트 프레이저 「옥스퍼드 서문」, 『황금가지』,
한겨레신문사, 2003, 25~26쪽.

위의 내용은 인류의 진화론적 사고를 보여 준 것이다.

『황금가지』는 첫째 직접 관찰한 것이 아니라 편지나 서신, 각종 보고서를 참고해서 작성하였다. 둘째 주술의 원리는 관념의 잘못된 결합의 결과이다. 이를 마치 진리인 것처럼 생각할 수 있다.

4.3. 이론 탐색 및 접목의 검토 (2)

이 책의 내용 가운데 정현종의 시 분석에 부합하는 프레이저의 논의는 "사실상 어느 정도의 근거를 갖고 널리 퍼져 있는 한 신앙에 의하면, 식물은 남성 및 여성 요소의 성적 결합을 통해서 그 종자를 번식시킨다는 사실과, 그 번식은 동종주술 혹은 모방주술의 원리에 기초하여 한때 식물 성장의 정령으로 가장하는 남녀의 사실상의 결혼과 모의 결혼에 의해 자극, 촉진된다는 사실을 관찰했었다."(「제12장 신성한 결혼」, 197쪽)는 점에서 암시 받을 수 있다.[25]

본고에서는 이와 같은 이론 탐색을 통한 시 분석에 초점을 맞춘 것이다. 본고에서는 두 가지 이론 탐색과 실제 비평을 검토하고자 한다.

4.4. 단일 이론의 접목

1) 분석의 실제: 정현종의 「좋은 풍경」

I. 서 론

시의 소통 구조에서 독자를 외면한 채 시인들만의 전유물로 전락한 것이 어제오늘의 일이 아니다. 좋은 작가나 작품이라 하더라

---

25) 가령 윤흥길의 『장마』와 관련하여 할머니의 <머리카락>은 사건 해결의 실마리이기 때문에 대단히 중요한 의미를 지닌다. 이를 파악할 필요가 있다. 다행스러운 것은 이를 해석하는데 프레이저는 감염(접촉)주술이라는 유용한 논의를 제공하고 있다. 이를 바탕하여 분석을 시도할 수 있다.

도 독자와의 소통이 점점 멀어져 가는 것이 현실이다. 그래서 독자들의 지적 배경과 그들의 관심과 무관하게 시는 점점 외딴 섬으로 유배된 느낌이다. 이는 시에서 느낄 수 있는 자연에 대한 예리한 통찰력과 삶의 교훈, 그리고 음악성의 마력(魔力)이 점점 떨어졌다는 의미이기도 하다. 우리의 전통 시가 문학인 시조나 가사에서는 자연을 노래하면서 자연 생리와 인간 생리의 동일시를 통하여 삶의 철학을 읊조렸다. 그래서 자연에 대한 경탄과 묘사는 시가의 중요한 소재였다. 여기에는 시 본래의 기능이었던 자연에 대한 통찰력에서 인간에 대한 삶의 교훈, 그리고 시원의 숲에서 울리는 자연의 소리를 발견할 수 있지만 현대시에는 이런 점을 발견하기 어렵다. 여기에 정현종26)은 그의 시로써 자연에 다가 가 있다. 자연 속에서도 특히, 나무와 사람 사이를 관찰하여 자연의 생리와 삶의 생리를 파악하여 상상한 바를 시로 옮겨 놓았다.

우리나라 시인으로 흔히 가장 대표되는 녹색 시인 가운데 한 사람으로 정현종을 지목한 김욱동은 그의 시 「요격시」, 「요격시−2」, 「급한 일−생태시 2」 등을 주목했다. 이들 시는 환경과 자연 파괴를 고발하고 있다.27) 이는 정현종 시의 한 축이 환경과 자연 파괴를 고발하는 환경문학28)이라고 볼 수 있으나, 또 다른 한 축에서

---

26) 1939년 서울 출생. 연세대 철학과 졸업. 연세대 철학과 교수. 1965년 ≪현대문학≫을 통해 등단. 『사물의 꿈』, 『나는 별아저씨』, 『떨어져도 튀는 공처럼』, 『사랑할 시간이 많지 않다』, 시선집 『고통의 祝祭』, 『달아 달아 밝은 달아』, 문학선집 『거지와 광인』, 산문집 『날자 우울한 영혼이여』, 시론집 『숨과 꿈』 등이 있으며, 네루다 시선집 『스무 편의 사랑의 시와 한편의 절망의 노래』 등이 있다.

27) 김욱동, 「시적 상상력과 생태학적 상상력」, 『생태학적 상상력』, 나무심는 사람, 2003, 31~37쪽.

28) 이형기의 「전천후 산성비」, 「비오디 피피엠」, 김광섭의 「번영의 폐수」, 고형

는 자연에 대한 경탄을 노래한 시를 찾을 수 있다. 자연에 대한 경이를 표현한 시 가운데 주술적 방법으로 창작한 시를 볼 수 있다.[29] 특히 그는 자연에 대한 경이를 나무에 대한 환상으로 표현하고 있다. 나무에 대한 그의 경탄과 깨달음을 그의 글에서 볼 수 있다.

> 키 큰 나무들 아래로 나 있는 산길을 가면, 특히 맑은 날이면, 나는 엑스터시에 빠지곤 한다. 날이 맑으니 햇빛은 눈부시고, 공간 전체가 빛 잔치이다. 나무와 태양과 맑은 날이 만들어 내는 안팎 없는 법열 상태…… 그런 때는 내 몸 전체가 그냥 빛 덩어리이다.
>
> 정현종, 「몸에 대하여」, 『정현종 깊이 읽기』, 문학과 지성사, 1999, 384쪽.

인용글에서 보듯이 시인은 나무에서 자연의 법열을 만끽한다고 한다. 뿐만 아니라 자연에 대한 경탄의 표현을 아끼지 않는다. 이같이 나무와 몸이 일체된 엑스터시의 상태이기 때문에 시인은 "그 잎 위에 흘러내리는 햇빛과 입"(「사물의 꿈−1」)맞추는 광경을 목도할 수 있는 것이다. 이처럼 자연의 숲 사이에서 정령(精靈)을 파악한다는 것은 원시 세계의 사고 체계다. 원시 세계에서는 나무의 정령이 인간 세계를 지배하는 사고 체계를 가지는 주술 세계이다. 이는 나무 세계를 인간의 삶과 일치시키려는 태도이고, 숲의 정령(精靈)을

렬의 「한강하수」, 김용락의 「대구의 페놀 수돗물」 등을 들 수 있다(김욱동, 앞의 책, 40~52쪽).

29) 김지하의 「생명」, 「새봄−8」, 고진하의 「나는 마음놓고 하모니카를 분다」, 「신성한 숲」, 박용하의 「청동구리빛 나무들의 노래−4」, 김명수의 「작은 공간」, 정호승의 「들녘」 등은 자연과의 교감이나 합을 표현한 작품들이지만, 본고에서 다루고자 하는 주술적 원리를 발견할 수는 없다. 따라서 정현종의 「좋은 풍경」은 자연 경이의 표현에 있어 여타 사인과는 차이를 보인다.

인정하는 주술적 태도이다. 그래서 정현종의 시세계를 자연에 대한 통찰력과 주술성으로 파악할 수 있는 것이다. 물론 필자가 본고에서 다루고자 하는 것은 정현종의 시 「좋은 풍경」에 내재된 주술 원리이다. 본고에서 한 작품을 심도있게 논의하려는 의도는 기존의 시 분석이 지나치게 평설(評說)이나 감상에 치우쳤다는 필자 나름의 인식 때문이다. 이는 작품 세계를 정확하게 파악하기보다는 작품에 대한 편견을 염려하지 않을 수 없다. 따라서 작품에 걸맞는 이론으로 한 작품에 대한 천착이 필요하다고 판단된다.30)

　문학과 관련한 인접 도서들을 탐독하는 이유는 문학 작품을 이해하려는 새로운 시각일 것이다. 이는 진정한 문학 이해의 패러다임은 무엇인가라는 문제와 관련성을 의미한다.31) 문학 이해의 패러다임은 곧 문학 연구 방법론으로서 정착될 수 있다. 그래서 시에 대한 이론적 접근의 다양성은 곧 분석 방법론을 확대하는데 기여하게 된다. 이와 같은 취지에서 「좋은 풍경」을 주술 이론서인 프레

---

30) 이러한 예는 이승훈의 『한국시의 구조분석』(종로서적, 1987)과 송욱의 『님의 침묵 - 전편해설』(과학사, 1974)에서 찾을 수 있다.

31) 문학에서도 김소월과 여성주의(anima), 마광수의 「나는 야한 여자가 좋다」를 통해 프로이드의 저서들이 의미있게 해석될 수 있다. 신경숙의 「깊은 숨을 쉴 때마다」는 주인공이 머무는 호텔이 있었던 자리에 당근 밭은 남근(Phallic Symbol)의 유사성으로 지적하기도 한다. 일찍이 정병욱에 의해 지적되었듯이 형태상 유사성으로 『삼국유사』 <가락국>의 건국신화 「龜旨歌」에서도 프로이드 이론이 풍부하게 적용되는 예들이다. 현대 소설에서 죽음 문제는 늘상 등장하는 제재이다. 그래서 이에 대한 사회학적 접근이 필요한 것이다. 이때 참고할 만한 저서는 프랑스의 사회학자가 쓴 에밀 뒤르껨의 『자살론』이다. 가령 1960년대 현대소설사(現代小說史)의 앞머리에 놓이는 작품은 최인훈의 『광장』이라 할 수 있다. 이 소설의 주인공 이명준이 남북 이데올로기 사이에서 제 삼국을 선택하면서 현해탄에서 투신 자살하게 된다. 이명준의 죽음을 어떻게 볼 것인가라는 문제를 『자살론』은 유효한 안내서가 된다(졸저, 「문학, 영화, 책」, 『비평과 삶의 감각』, 역락, 2004, 231쪽).

이저(1854~1941)의 『황금가지(1890)』[32](장병길 역, 삼성출판사, 1993)를 참고하여 분석하고자 한다.

Ⅱ. 분석의 이론적 배경

한국시에 나타난 한국 설화를 배경으로 한 연구와 한국시의 무속적 접근을 시도한 연구는 한국문학과 이론의 적용이라는 측면에서 문학 연구 방법론의 확대라는 긍정적인 면을 생각할 수 있다. 가령 『시의 탄생, 설화의 재생』(오정국, 청동거울, 2003)에서는 춘향, 수로부인, 흥부, 지귀(志鬼), 처용 등의 한국 설화를 바탕으로 현대시 설화 수용 양상을 통시적으로 고찰하여 한국시에 끼친 영향과 의의를 밝히고 있다. 『한국 현대시와 설화』(임문혁, 계명문화사, 1996)는 김소월, 서정주, 전봉건, 김영랑, 박재삼, 송수권, 이성교, 최하림 등을 대상으로 춘향, 처용, 망부석 설화를 중심으로 시 창작한 내용을 고찰하였다. 또 한국시를 무속학적 원리로 적용한 『한국현대시의 무속적 연구』(이몽희, 집문당, 1990)는 "무당의 성무(成巫) 과정, 무가의 구조와 내용, 제의의 중심 요소인 정화(淨化)와 화의(和誼), 그

---

32) 프레이저(1854~1941)는 1883년 《브리태니커 백과사전》 편집인이었던 윌리엄 로버트슨 스미스(Willam Robertson Simith)가 사전을 실을 「토템」과 「터부」에 관한 맹아적 논문을 부탁했는데, 이것을 정리하여 1887년 『토테미즘』이 되었다가 1910년 『토테미즘과 족외혼』의 저작으로 발전했고, 「터부」는 『황금가지』(1890)로 발전했다. 초판은 1890년 2권에서 1900년 재판에는 3권, 1906~1915년 세 번째는 색인을 포함해서 12권, 생애 말년에 1936년 보충판을 덧붙여 13권(4판)으로 출판했는데, 독자들의 요청에 의해서 1922년 2권의 축약본을 만들었다. 국내에 번역 소개된 『황금가지』는 12권의 원칙과 원리를 조금도 바꾸지 않고 예증만 축소시켜 간결하게도 요령있게 <주술과 종교의 문제>를 중심으로 프레이저가 직접 엮은 책이다.

리고 원형 회귀를 내포한 제의의 여러 구조와 형식, 무속의 가치관 등”과 연관시켜 분석했다. 이는 한국시 분석을 한국 무속과 서구의 무속 이론을 원용한 것이다. 이처럼 한국시 분석에 대한 서구 이론의 원용도 고려해 볼 필요가 있다. 그래서 본고는 서구의 무속 이론을 바탕으로 한 한국시 분석의 적용이라는 측면을 고려해서 본 논의를 진행하고자 한다.[33]

앞에서도 언급했듯이 필자는 정현종의 시를 이해하기 위한 방편으로 프레이저의 논의를 이용하고자 한다. 그리하여 시 분석과 관련있는 부분을 선택적으로 탐독하여 문학 연구의 이론 접목과 실천이라는 두 고리를 찾고자 했다. 이 책에서 시 분석을 시도하는데 매우 유익한 이론은 공감주술 이론이다. 공감주술(共感呪術, sympathetic magic)은 크게 두 가지로 나누는데, 하나는 동종주술(同種呪術) / 모방주술(模倣呪術)이고, 또 하나는 감염주술(感染呪術) / 접촉주술(接觸呪術)이다. 이에 대한 내용을 나누어 정리하면 다음과 같다.

가) 동종주술(同種呪術) / 모방주술(模倣呪術)의 설명

유사는 유사를 낳는다는 원리이다. 이 원리의 가장 보편적인 적용은 적(敵)의 상(像)이 괴로워하면 그 상의 당사자도 괴로워하고, 그 상이 파괴되면 그도 죽는다는 신앙에서 적의 상을 해치거나 깨뜨림으로써 그 적을 해치거나 괴멸하려고 여러 시대에 걸쳐 여러 민족에 의해서 실천되었던 주술이다.

---

33) 문학과 종교라는 관점에서 선행 연구된 참고 자료는 다음과 같다. 김영호 외, 『문학과 종교의 만남』(동인, 1995), 박이도의 『한국현대시와 기독교』(예전사, 1983), 조신권의 『한국 문학과 기독교』(연세대출판부, 1983) 등이 있다.

나) 주술의 실례

① 부정적 효과 – 북아메리카의 인디언은 모래, 재, 진흙 등에 인물상을 그리거나 어떤 물체를 그의 신체로 간주하고 예리한 막대기로 그것을 찌르거나 어떤 해를 입힘으로써 그 인물의 당사자에게 아주 똑같은 피해를 가할 수 있다고 믿는다.

② 긍정적 효과 – 출산을 돕거나 질병 치료 효과를 가져온다는 점이다. 수마트라의 바타크 족은, 어머니가 되고 싶은 불임녀는 아기의 목상을 만들어 이것이 소원을 성취시켜 주리라고 믿으면서 두 다리 사이에 낀다.

이와 같은 동종 주술[34]은 옛날 우리나라에서도 널리 퍼져 있었다. 가령 한국(『황금가지』 내용에서 제외) 고전극 드라마 가운데 빈과 비의 갈등에서 빈의 욕망 때문에 비의 인형을 만들어 특정한 신체 부위에 고통을 주어서 고통을 받게 한다는 내용을 종종 시청하게

---

[34] 부족의 복지를 위해서 가장 중요한 주술의 형태 중 하나는 기후의 조절, 적절한 강우(降雨)의 보장이다. 이들이 취하는 방법은 동종(모방)주술이다. "비를 내리게 하려면 비를 모방해서 물을 뿌리거나 구름을 모방한다. 또는 그들의 목적이 비를 그치게 하고 맑은 하늘을 얻는 것이라면 물을 피하고 과도한 비를 그치게 하고 맑은 하늘을 얻는 것이라면 물을 피하고 과도한 습기를 말려 버리기 위해서 온기와 불을 쪼인다"(105쪽). 여기서 한 가지 주목할 사실은 주술과 터부, 상식의 계율의 차이에 대해서 알아 둘 필요가 있다. 프레이저는 적극적 주술 혹은 마술은 이러이러한 일이 일어나기 위해 이것을 행하라고 일러준다는 것이고, 소극적 주술 혹은 터부는 바라지 않는 결과를 피하는 일이다. "원하는 결과가 주술적인 의식을 집행함으로써 실제로 일어나지 않는 것과 똑같이, 두려워하는 결과는 터부를 범함으로써 실제로 일어나지 않는다" 생각되었던 재앙이 터부가 아니라 도덕 혹은 상식의 계율이다. 예를 들어, '너의 손을 불 속에 넣지 말라'고 명령한 것은 터부가 아니라, 그것은 상식의 법칙일 뿐이다. 이 저서는 다음과 같은 두 가지 비판을 받고 있다. 첫째, 직접 관찰한 것이 아니라 편지나 서신, 각종 보고서를 참고해서 작성하였다. 둘째 주술의 원리는 관념의 잘못된 결합의 결과이다. 이를 마치 진리인 것처럼 생각할 수 있다.

된다. 또 하나의 예는 우리나라에서 1980년대 반미 감정이 고조되었을 때나 현재 미-이라크 전쟁에서 이라크 국민들이 미 성조기를 불태우는 경우도 이에 속한다. 또 나뭇가지 사이에 돌을 끼우는 풍습이 있는데, 이는 우리나라에서도 흔히 대추를 많이 열리게 하기 위해서 나뭇가지 사이에 큰 돌을 끼워 가지를 벌어지게 한다. 물론 광합성 작용도 있지만 다산을 뜻하는 성적 교합의 상태를 연상할 수 있는 동종 주술의 한 형태인 것이다.

다음은 감염 주술의 내용을 정리한 것이다.

가) 감염주술(感染呪術) / 접촉주술(接觸呪術)의 설명

결과는 그 원인을 닮는다는 것이다. 전에 한 번 접촉했던 것이 그 후에 서로 헤어질 때에도 하나에 대해서 행한 모든 것은 똑같은 다른 하나에서 틀림없이 영향을 끼친다는 공감적 관계에 영원히 있게 된다는 관념에 입각해서 진행된 것이다.

나) 주술의 실례

감염주술의 가장 보편적인 예는, 머리카락이나 손톱, 발톱과 같은 인간의 육체에 붙었던 부분과 그 사람 자체의 사이에 있다고 상상되는 주술적 공감이다. 다른 사람의 머리카락이나 손톱, 발톱을 손에 넣은 사람은 누구든지 그 머리카락이나 이빨의 주인에게 자신의 의지를 어느 곳에서도 작용시킬 수 있다.

이와 같이 감염 주술의 경우도 우리 주위에서 볼 수 있다. 가령 군대(『황금가지』 내용에서 제외) 복무 중 야외 훈련을 갈 경우 손톱이나 발톱을 깎아 편지 봉투에 이름과 군번을 써서 부대에 보관한다. 이는 군인이 사망할 경우, 군인의 신체로 간주하여 제를 지내거나 확인을 위해서 필요한 것이다.

본고는 이러한 주술의 내용을 바탕으로 시 분석과 접목을 시도하고자 한다. 특히 이 시 분석에 부합하는 프레이저의 논의는 "사실상 어느 정도의 근거를 갖고 널리 퍼져 있는 한 신앙에 의하면, 식물은 남성 및 여성 요소의 성적 결합을 통해서 그 종자를 번식시킨다는 사실과, 그 번식은 동종주술 혹은 모방주술의 원리에 기초하여 한때 식물 성장의 정령으로 가장하는 남녀의 사실상의 결혼과 모의 결혼에 의해 자극, 촉진된다는 사실을 관찰했었다."(「제12장 신성한 결혼」, 197쪽)는 점에서 확인할 수 있다.35) 「좋은 풍경」은 식물의 성장을 성적 결합에 근거를 두고 표현했다는 점에서 프레이저의 논의를 시 분석에 접목할 수 있다.

또 정현종은 "시를 쓰는 것은 그러니까 님을 부르는 주술이며 님이 오도록 길을 놓는 행위이며 없음과 있음 사이에 다리를 놓는 일"36)이라고 했다. 이처럼 그의 시 창작의 사고에서도 주술 원리가 내재해 있음을 엿볼 수 있다. 그래서 시인의 주술적인 창작 의식이 그대로 반영되었다고 볼 수 있는 「좋은 풍경」을 검토할 수 있는 것이다. 이는 정현종 시의 한 특징을 밝히는 것이며, 한 작품을 심도 있게 논의하려는 분석 방법론의 접목을 시도하려는 의미도 갖는다.

---

35) 윤흥길의 『장마』와 관련하여 할머니의 <머리카락>은 사건 해결의 실마리이기 때문에 중요한 의미를 지닌다. 때문에 이를 파악할 필요가 있다. 이를 해석하는데 프레이저는 감염(접촉) 주술이라는 유용한 논의를 제공하고 있다. 이를 바탕하여 분석을 시도할 수 있을 것이다(졸고, 「장마 속의 전쟁」, 『비평과 삶의 감각』, 역락, 2004, 127~139쪽).

35) 정현종, 「시란 무엇인가」, 『정현종—깊이 읽기』, 문학과 지성사, 1999, 368쪽.

Ⅲ. 1. 동종 주술과 성적 결합

정현종의 「좋은 풍경」을 분석하기 위해 전문을 인용하면 다음과
같다.

늦겨울 눈 오는 날
날은 푸근하고 눈은 부드러워
새살인듯 덮인 숲속으로
남녀 발자국 한 쌍이 올라 가더니
골짜기에 온통 입김을 풀어놓으며
밤나무에 기대어서 그짓을 하는 바람에
예년보다 빨리 온 올봄 그 밤나무는
여러 날 피울 꽃을 얼떨결에
한나절에 다 피워놓고 서 있었습니다

「좋은 풍경」, 『한 꽃송이』, 문학과 지성사, 1992, 43쪽.

이 시에서 보는 것처럼 밤꽃의 개화를 인간의 성적인 행위로 인
식하여 표현한 것은 정현종의 시작 태도가 주술적인 사고 체계를
가지고 있다는 것이다. 프레이저의 동종 주술(同種[模倣]呪術)이라는
논의에 따르면, 풍성함을 낳는 시적 표현이라 할 수 있다.37) 즉 식
물은 남성 및 여성 요소의 성적 결합을 통해서 그 종자를 번식시킨
다는 사실과, 그 번식은 동종(모방) 주술 원리에 기초할 때 식물 성
장의 정령으로 가정하는 남녀의 사실상의 결혼과 모의 결혼에 의해
서 자극·촉진된다는 프레이저의 관점이 이를 잘 뒷받침해 준다.

---

37) J. G. Frazer(장병길 역), 「제3장 공감주술」, 『황금가지』(1), 삼성출판사, 1993,
192쪽.

그래서 「좋은 풍경」은 식물인 밤꽃의 개화를 남녀의 성적 결합으로 비유하고 있다. 또한 시인은 생명의 황홀경을 밤나무을 통해서 인간이 가진 성적인 욕망의 표현으로 결부시켜 놓고 있다.

시에서 동종 주술의 원리를 파악하기 위해 임의로 시행과 연을 구별하여 표시하면 다음과 같다.

　　　① 늦겨울 눈 오는 날
　　　② 날은 푸근하고 눈은 부드러워
　　　③ 새살인듯 덮인 숲속으로
　　　④ 남녀 발자국 한 쌍이 올라 가더니
　　　⑤ 골짜기에 온통 입김을 풀어놓으며
　　　⑥ 밤나무에 기대어서 그짓을 하는 바람에
　　　⑦ 예년보다 빨리 온 올봄 그 밤나무는
　　　⑧ 여러 날 피울 꽃을 얼떨결에
　　　⑨ 한나절에 다 피워놓고 서 있었습니다

시를 내용상 나누어 보면, 위에서 보는 바 같이 세 단락으로 볼 수 있다. 1~3행까지는 겨울을 배경으로 하여 자연 현상을 묘사하고, 4~6행까지는 남녀 한 쌍의 행위를 중심으로 묘사하고 있다. 또 7~9행까지는 올봄 밤나무꽃이 피었음을 배경으로 묘사하고 있다. 이 시의 내용을 자연 질서에 따라 계절과 밤나무의 변화를 정리하면, 늦겨울 → 푸근한 날씨 → 올봄 → (밤나무)꽃핌으로 진행된다. 그런데 이 시가 주술의 원리를 바탕으로 한 시작임을 파악하기 위해서는 4~6행을 빼고 읽을 필요가 있다. 왜냐하면 4~6행은 주술의 원리를 설명하는데 필요하기 때문이다. 그래서 4~6행을 빼고 시를 인용해 정리해 보면 다음과 같다.

① 늦겨울 눈 오는 날
② 날은 푸근하고 눈은 부드러워
③ 새살인듯 덮인 숲속으로
⑦ 예년보다 빨리 온 올봄 그 밤나무는
⑧ 여러 날 피울 꽃을 얼떨결에
⑨ 한나절에 다 피워놓고 서 있었습니다

자연의 배경을 묘사한 3행과 밤나무의 변화를 묘사한 3행으로 해서 이 시는 각 3행의 대칭 구조를 이룬다. 이 시를 좀 더 분석해 보면, 날이 포근하다는 뜻은 대지의 따뜻한 기운이 감돈다는 것인데, 이는 새 생명의 탄생을 예고한 것이다. 이런 전제에서 자연스럽게 예년보다 빨리 봄이 올 수 있다. 봄이 빨리 왔기 때문에 꽃은 빨리 피기 마련이다. 그런데 밤나무가 자연의 순리에 따라 서서히 여러 날 꽃을 피우기 마련인데, 자연의 섭리와 관계없이 한 나절에 다 피워놓고 서 있다는 것은 시인의 인식이다. <늦겨울−빨리 온 올봄> 사이에 밤나무꽃이 빨리 핀 것은 남녀 한 쌍의 행위 때문이라고 시인은 인식한다. 이것은 동종 주술의 원리이다.

시 전문 가운데 일부를 생략한 위의 시를 한 편의 작품으로 인식하여도 무방할 것이다. 다만 눈 오는 겨울에 날씨가 포근해져서 예년보다 빨리 봄이 와서 밤나무꽃이 피었다는 자연 질서를 그대로 묘사했다는 비난을 받을 수 있다. 왜냐하면 시인이 자연의 관찰만을 표현했기 때문이다. 정현종 시인은 반드시 나무 사이에서 성의 엑스터시(ecstasy)에 빠지길 원한다. 이러한 성의 엑스터시는 나무와 동일한 것으로 보려는 시인의 인식이 바탕되어 있기 때문에 이를 보지 않으면 안 된다. 그래서 다시 전 연(聯)을 대상으로 보면 확실히 그의 시가 주술 체계임을 알 수 있다. 시인은 인간 행위를 통해서 자연의 섭리까지 변화를 주었다는 인식은 과학적 인식 태도는 아니다. 즉 밤나무 꽃이 남녀 한쌍의 '그짓' 때문에 활짝 피었다는 자연 질서의 변화는 주술 체계가 결부되었음을 증명하는 것이다. 따라서 이를 정리하면 다음과 같다.

늦겨울	자연 질서―①
푸근한 날씨	자연 질서―②
* 숲속의 밤나무에서 남녀의 행위	* 동종 주술의 인식
꽃을 활짝 피움	주술의 결과

이 시는 밤나무꽃의 개화를 성의 엑스터시로 표현했다고 볼 수 있다. 밤나무꽃은 전통적으로 남성 특유의 냄새를 의미하기 때문에 시인은 상당히 의도적으로 접근했다고 볼 수 있다.[38] 밤나무는 다른 나무와 달리 남성성의 상징이기 때문에 밤나무 아래에서의 남녀 한 쌍의 성적 행위는 밤나무꽃이 개화한다는 주술 원리와 일치한다고 볼 수 있다. 그래서 남녀 한 쌍의 행위 때문에 밤나무가 꽃을 활짝 피웠다는 인식은 주술의 행위가 아니고는 이해가 힘든 것이다. 밤나무꽃이 지고 나면 열매를 맺는다는 자연 섭리를 볼 때, 남녀의

---

[38] 「할머니 산소 가는 길에 / 밤나무 아래서 아빠와 쉬를 했다 / 아빠가 누는 오줌은 멀리 나가는데 / 내 오줌은 멀리 안 나간다 // 내 잠지가 아빠 잠지보다 더 커져서 / 내 오줌이 멀리멀리 나갔으면 좋겠다 / 옆집에 불나면 삐용삐용 불도 꺼 주고 / 황사 뒤덮인 아빠 차 세차도 해 주고 // 내 이야기를 들은 엄마가 호호호 웃는다 / ― 네 색시한테 매일 따스운 밥 얻어먹겠네」(오탁번, 「잠지」, 『벙어리장갑』, 문학사상사, 2002, 32쪽).

성적 결합을 통해 밤나무꽃의 개화를 촉진한다는 것은 동종 주술의 원리에 따른 것이라 할 수 있다.

Ⅲ. 2. 접촉 주술과 개화

밤나무에 기대어 '그짓'을 한다는 것은 밤나무와 남녀의 접촉을 의미한다. 이러한 접촉의 결과, 밤나무꽃이 활짝 피었다고 한다. 특히 「좋은 풍경」에서 접촉 주술로 접근할 수 있는 근거는 바로 밤나무에 기대어 '그짓'을 하는 바람에 여러 날 피울 꽃을 얼떨결에 다 피워 놓았다는 것이다. 이것을 다시 정리해 보면, <여러 날 피울 꽃을 얼떨결에 다 피워 놓았다>(결과)-<밤나무에 기대어서 그짓을 하는 바람에>(원인)의 관계로 볼 수 있다. 이 같은 결과는 반드시 원인에 근거한다는 점에서 보면 이는 접촉 주술로 접근할 수밖에 없다. 즉 결과는 그 원인을 닮는다는 점에서 프레이저의 접촉 주술의 원리로 설명할 수 있다. 앞의 동종 주술처럼 5~7행까지 생략하고 시를 분석해 보면 역시 주술의 원리로 파악할 수 있다. 즉 결과와 원인의 관계를 설정할 수 있다. 여기에는 계절을 의미하는 물리적 시간이 풍요를 의미하는 거룩한 시간으로 전환되어 있다.

시 전문을 다시 인용하여 임의로 정리하면 다음과 같다.

① 늦겨울 눈 오는 날
② 날은 푸근하고 눈은 부드러워
③ 새살인듯 덮인 숲속으로
→ 자연 질서 : 자연적 원인 ①

④ 남녀 발자국 한 쌍이 올라 가더니
⑤ 골짜기에 온통 입김을 풀어놓으며
⑥ 밤나무에 기대어서 그짓을 하는 바람에
→ **인간의 성적 결합 : 직접적 원인 ②**

⑦ 예년보다 빨리 온 올봄 그 밤나무는
⑧ 여러 날 피울 꽃을 얼떨결에
⑨ 한나절에 다 피워놓고 서 있었습니다
→ **밤나무꽃의 만개 : 결과**

시인은 밤나무꽃이 만개하는 것을 보고 싶은 것이다. 그래서 시인은 밤나무꽃이 만개하는 원인을 남녀 한 쌍의 행위로 끌어 들였다. 밤나무꽃의 상징적 의미를 어떻게 해석하느냐는 중요한 문제이다. 밤나무꽃은 남성의 냄새를 풍긴다. 이는 곧 남근의 생산성의 확대로 볼 수 있다. 마찬가지로 밤나무꽃의 만개 후에 밤이 열릴 수 있다는 것은 생산의 의미를 담고 있다고 볼 수 있다. 위의 시는 분명 이러한 결과를 염두에 두고 시인이 연출한 시이다.

정효구는 이 시의 아름답고 좋은 풍경을 "눈 덮인 산 속으로 사랑하는 남녀 한 쌍이 올라가더니 밤나무에 기대어 사랑을 나누는 바람에 그 사랑의 숨결이 얼마나 뜨거웠던지 그만 밤나무가 봄이 온 줄 알고 얼떨결에 여러 날 피울 꽃을 한나절에 다 피워놓고 서 있는 풍경을 뜻"[39]한다고 하면서 성(性)을 잘 씀으로써 성(聖)스러움으로 승화되고 그 결실로 생명이 탄생한다고 했다. 그리고 유종호는 이 시가 "자연을 배경으로 한 이 현대판 남녀상열지사(男女相悅之詞)에서 사랑

---

39) 정효구, 「좋은 풍경을 보여 드립니다」, 『시 읽는 기쁨』, 작가정신, 2001, 64쪽.

의 행위는 풍요 제의(祭儀)의 일환으로 포착되어 있다."[40]고 한다. 우
찬제는 "자연과 인간의 교감과 호응 속에서 '좋은 풍경'으로 포착하
고 있다. 숲속의 상황이 두 남녀로 하여금 뜨거운 사랑을 자연스럽게
나누도록 작용했고, 또 그들의 행위가 밤나무꽃을 빨리 피게 했다는
생태학적 상상력은, 서로 순환하면서 상생하는 자연과 인간의 조화
로운 태초의 질서를 인식하는 데서 나온다."[41]고 주목했다. 또 최근
에 박정희는 "관능적 희열이 가져다 주는 교감과 충일의 순간에 대
해 노래"[42]한다고 평가했다. 이들의 공통 분모는 성적 결합과 풍요,
그것의 원천은 생태학적 상상력이라고 평가하고 있다. 필자는 이와
같은 평자들의 기본 시각에서 한 발 들어가서 이 시가 가지고 있는
특징을 주술적 사고에 뿌리를 두고 있다는 점을 강조하고 싶다. 그래
서 필자는 이 시의 주술적 창작 원리를 구체적으로 분석한 것이다.

밤나무꽃이 만개한 것은 남녀 한 쌍의 성적 결합만이 아니다. 왜
냐하면 1~3행에서 보듯이 늦겨울이기 때문에 곧 봄이 올 것이고,
봄이 온다는 전제에서 겨울임에도 불구하고 <푸근한 날씨>, <부드
러운 눈> 등은 봄이 올 것이라는 예견을 자연 질서로 표현하고 있
다. 그래서 밤나무꽃이 만개한다는 결과 이전의 원인(①)에 해당한다.
여기에다 <남녀 한 쌍의 성적 결합>을 통한 생산의 주술성(동종 주
술)이 원인(②)이 된다고 볼 수 있다. 즉 자연 질서의 변화를 원인(①)
로 보고, 인간의 성적 결합 행위를 원인(②)로 전제할 경우, 밤나무꽃

---

40) 유종호, 「해학의 친화력」, 『한 꽃송이』, 문학과 지성사, 1992, 100쪽.
41) 우찬제, 「가이아 명상과 황홀경의 생태시학」, 『생태문제와 인문학적 상상력』,
    나남출판, 1999, 278쪽.
42) 박정희, 「사람이 풍경으로 피어날 때처럼 행복한 때는 없다 - 자연, 친화적
    교감의 세계」, 『사람이 풍경으로 피어날 때』, 문학동네, 1999, 255쪽.

의 만개는 결과에 해당된다는 것이다. 이처럼 「좋은 풍경」은 자연의 섭리와 주술성에 기초한다는 것을 알 수 있다. 즉 시인은 자연 섭리와 인간의 성 욕망을 조화시킨 세상을 <좋은 풍경>으로 보고 있다.

그의 시에는 종종 자연에 대한 경탄과 동시에 파괴가 주축이 되는 경우가 허다하다. 가령 나무에 대한 절대적 가치를 깨닫지 못하는 인간에 대한 경고의 목소리를 들려 주고 있다. 이러한 그의 인식을 단적으로 보여 주는 것은 「나무에 깃들여」이다. 6행의 시를 인용하면 다음과 같다.

나무들은
난 대로가 그냥 집 한 채,
새들이나 벌레들만이 거기
깃든다고 사람들은 생각하면서
까맣게 모른다 자기들이 실은
얼마나 나무에 깃들여 사는지를!

「나무에 깃들여」 전문, 52쪽.

나무에 깃들어 사는 인간의 모습을 표현한 시작이다. 나무 속에 인간이 삶을 영위한다는 사실을 깨닫지 못한 것을 새삼 확인시켜 준 시작이다. 이는 "인간을 포함한 생명들 사이의 관계를 통해 생명의 존재 의미에 대해 질문하고 있다."[43]는 점이다. 나아가 그의 시에는 나무와 함께 "죽어 가는 공기 / 죽어가는 물 / 죽어가는 흙"(「급한 일」, 53쪽)을 생각하는 일종의 문명비판적 시각도 드러나 있다. 이러한 시각의 근저(根底)에는 그의 시가 원시 자연의 생명력을 추구하

---

43) 이런 부류의 시인들은 오규원, 이성선, 정현종, 고재종, 나희덕 등이다(신덕룡, 「생명시의 성격과 시적 상상력」, 『생명시학의 전제』, 소명출판, 2002, 86쪽).

는 것이라고 볼 수 있다. 그래서 필자는 원시 자연의 생명력을 추구 한다는 점을 풍요함이라는 제의 양식의 바탕이 되는 주술성의 원리 로 보고자 한다.

「좋은 풍경」에서 흥미로운 것은 남녀 한 쌍의 행위가 추운 겨울 기온의 변화를 유도하는 시적 장치이다. 즉 남녀 흥분의 정도 : 입김 = 추운 겨울 밤나무 : 꽃핌으로 나타난다. 남녀 흥분의 정도가 클수 록 그 징후가 입김으로 나타나고, 그 결과 추운 겨울을 녹일 수 있고, 밤나무꽃이 만개할 수 있다는 점은 자연 질서를 변화시켜 주술사(시 인)가 원하는 방향으로 이끄는 주술의 원리인 것이다. 따라서 정현종 시인은 주술사라고 할 수 있는 것이다. 주술사는 숲의 정령으로 숲을 지키는 자이다. 숲의 지배자인 원시 주술사는 숲과 함께 생사고락을 같이 하는 자이다. 정현종이 주술사라고 단정할 수 있는 것은 "쓰러 진 나무를 보면 / 나도 쓰러진다 / …중략… / 산불이 난 걸 보면 / 내 몸도 탄다"는 그의 시 「나무여」(48~49쪽)에서도 확연히 드러난다.

「좋은 풍경」에서 또 하나 주목할 것은 정현종의 성의 조사법이 여타 동시대 시인의 성적 표현과는 대별된다는 점이다. 시에서 성 은 그것이 간접적이든 직접적이든 대략 다음과 같은 목표를 가지고 있다.[44] 첫째는 육감적 분위기의 조장이다. 대개 낭만적 성향의 시 가 원초 감정을 충분히 여과시키면서 조장되는 에로틱한 정황인 것 이다(서정주의 시, 최원규의 「단장」(1)). 둘째로 시적인 고고함, 또는 소

---

[44] 가령 성적인 표현이 시인의 어떤 의식을 반영하고 혹은 시인이 말하고자 하 는 것이 무엇인지를 검토한 정종진(「Ⅳ. 한국 현대시와 성 표현」, 『한국 현대 문학의 성 묘사 전략』, 우리 문학사, 1990)의 논의는 "소극적으로는 시대 풍 조의 반영이고, 적극적으로는 상투적 과거에서 벗어나 새 질서를 탐색하는 것으로 보아야 한다."는 것이다(292쪽).

위 부르주아적 시정신에서 탈피하려는 의도로 사용된다. 주로 소위 민중시에서 민중의식을 표방하기 위한 전략인 셈이다(문병란의 시집인 『양키여 양키여』(1988)). 셋째로는 위악적(僞惡的) 태도를 목표로 한다. 시로 감당할 수 없을 만큼의 시대 압력을 느꼈을 때 그에 응전하기 위한 태도를 취한 형태이다. 시적 자아가 자기 조소, 또는 자기 비하적인 어조를 조장하여 더 깊은 자기 성찰에 이르기 위하여 취하는 방법이다(서정주의 시, 신동엽의 장시 「이야기하는 쟁기꾼의 土地」(1959), 「금강」(1967), 송욱, 김수영, 김지하, 강우식, 최승자, 김정환, 황지우, 곽재구, 박남철, 이윤택, 김영승, 장정일, 고정희, 고재종 등의 작품).45) 이와 같은 류의 성의 조사법과 달리 「좋은 풍경」은 자연의 풍요적인 제의 양식인 주술의 원리로 표현되었다는 점이 특징이다.

Ⅳ. 결 론

파괴되어 가는 자연의 고발과 동시에 자연의 경이를 성의 조사법으로 보여준 정현종은 이 시대에 주목되는 시인이다. 본고는 그의 시 가운데 「좋은 풍경」에서 보여 준 밤나무의 성의 생명력에 주목했다. 왜냐하면 성의 생명력을 보여 준 여타 시와 달리 주술이 자리하고 있기 때문이다.

「좋은 풍경」에 나타난 주술 원리와 시의 소통 관계를 정리하면 다음과 같다.

첫째, 그의 시에 나타난 자연 경이는 성의 주술성에 근거하고 있다.

---

45) 졸고, 「김수영의 성시론」, 『한국 현대시의 탐색』, 역락, 2001, 55~73쪽 참고.
　　___, 「광기 혹은 이상 세계의 꿈꾸기 - 마광수론」, 위의 책, 128~151쪽 참고.

　둘째, 주술 양식 가운데 동종주술에 근거하고 있다. 즉 밤나무꽃의 만개(개화의 의미)를 남녀 한 쌍의 성적 결합(생산의 의미)으로 비유하고 있다. 이는 꽃이 핀다는 것과 성적 결합은 생산의 의미와 유사성을 뜻하는 주술의 원리이다.

　셋째, 주술 양식 가운데 접촉주술에 근거하고 있다. 밤나무꽃의 만개(풍요의 의미)는 남녀 한 쌍의 밤나무에서의 성적 접촉(밤나무꽃 만개의 원인)으로 비유하고 있다. 이는 만개의 결과와 성적 결합의 접촉성을 뜻하는 주술의 원리이다.

　넷째, 이러한 자연의 풍요에 대한 탐닉의 기초에는 주술의 원리가 자리하고 있는 것이다. 그래서 「좋은 풍경」을 자연의 풍요와 인간의 풍요로운 삶의 지향으로 정리할 수 있다.

※ 참고문헌

김영호, 『문학과 종교의 만남』, 동인, 1995.

김욱동, 「시적 상상력과 생태학적 상상력」, 『생태학적 상상력』, 나무심는 사람, 2003.

김　현, 「술 취한 거지의 시학 – 정현종의 문학적 거리」, 『분석과 해석』, 문학과 지성사, 1985.

박이도, 『한국현대시와 기독교』, 예전사, 1983.

박종석, 「정현종론」, 『한국 현대시의 탐색』, 역락, 2001.

박정희, 「사람이 풍경으로 피어날 때처럼 행복한 때는 없다 – 자연, 친화적 교감의 세계」, 『사람이 풍경으로 피어날 때』, 문학동네, 1999.

신덕룡, 「생명시의　성격과 시적 상상력」, 『생명시학의 전제』, 소명출판, 2002.

우찬제, 「가이아 명상과 황홀경의 생태시학」, 『생태문제와 인문학적 상상력』, 나남출판, 1999.

정종진, 『한국 현대 문학의 성 묘사 전략』, 우리 문학사, 1990.

정효구, 「좋은 풍경을 보여 드립니다」, 『시 읽는 기쁨』, 작가정신, 2001.

조동일, 「국문학연구와 인접학문의 관계」, 『국문학연구의 방향과 과제』, 새문사, 1989(3쇄).

조신권, 『한국 문학과 기독교』, 연세대출판부, 1983.

국어국문학회, 『국어국문학과 구미이론』, 지식산업사, 1989.

멀치아 엘리아데(이동하 역), 『성과 속 : 종교의 본질』, 학민사, 1993(2판 1쇄).

D. H 로렌스(김병철 역), 『性과 문학』, 일한도서, 1966.

J. G. Frazer(장병길 역), 『황금가지』(Ⅰ·Ⅱ), 삼성출판사, 1993.

4.5. 단일 이론의 접목에 대한 평가

필자는 앞의 논의에 대한 평가를 받았다. 본고가 좋은 글이라기보다는 이론적 접목을 통한 실제 작품 분석이 어떻게 받아들이는지를 평가 받았다. 이를 그대로 전제해서 본고가 가진 맹점을 지적한 부분(1차 : 수정 후 재심, 2차 : 게재 불가로 판정)과 필자의 의도가 다소 차이가 있음을 동시에 보이고자 한다. 다음은 심의 결과에 대한 전문이다.

1. 논문 심사 결과 통보

항상 한국시학회를 아껴주시고, 학회의 행사에 적극 참여해 주신 데 대해 진심으로 감사드립니다. 금번 귀하께서 학회지 12호에 투고해 주신 논문을 심사한 결과를 다음과 같이 통보하오니 참조하시기 바랍니다.

성명　　　　 : 박종석
제목　　　　 : 정현종 시 <좋은 풍경>의 주술성 연구
판정 결과　 : 게재 불가

2. 심사 의원 의견 :

(a) 심사 결과 요지

주술이론으로의 시 분석은 시도할만한 생각이기는 하나 전반적으로 문맥적 시 읽기의 정교함을 보여주지 못하는 듯함. 전체적으로 문장이 비문이 많아 흐름이 순탄치 않음. 주·술 관계가 부정확함(예; 각주 3과 4, 그런 곳이 많음). 3-2, 접촉주술의 3행 구분 설명에 문제가 무리가 있음. 재심 논문이니 문장을 좀더 설득력 있게 고친 뒤 게재했으면 함.

(b) 심사 결과 요지

이 논문은 정현종의 <좋은 풍경>을 서구의 무속이론을 원용하여 분석하였다. 무속이론의 원용에 일면 타당성이 엿보이기도 하지만 논지의 전개에 세련미가 많이 부족한 것으로 판단되는데 몇 가지만 지적하면 다음과 같다.

- 서론 도입부에서 시가 독자들에게 외면당하는 것은 시 자체에도 문제가 있지만, 사실 시대와 사회적 변화에 더 큰 영향을 받고 있는데 이 점을 간과하고 시인이나 시의 문제로만 단정하고 있는 점에 무리가 있음.
- 외국 이론을 소개하고 예를 드는 부분이 너무 경직되고 산만함.
- "자연의 배경을 묘사한 3행과 밤나무의 변화를 묘사한 3행으로 해서 이 시는 각 3행의 대칭 구조를 이룬다" : 대칭 구조로 보기 어려움.
- "시 전문 가운데 일부를 생략한 위의 시를 한 편의 작품으로 인식하여도 무방할 것이다. 다만 눈 오는 겨울에 날씨가 포근해져서 예년보다 빨리 봄이 와서 밤나무꽃이 피었다는 자연 질서를 그대로 묘사했다는 비난을 받을 수 있다. 왜냐하면 시인이 자연의 관찰만을 표현했기 때문이다" : 이런 식의 서술을 비롯해서 본론 뒷부분 등 군데군데 불필요하고 무의미한 서술이 많은데 논리 전개상 필요한 것만 좀더 집약적이고 정연하

게 서술할 필요가 있음.

 ─ 이 작품은 근본적으로 주술성 문제보다는 자연의 질서를 변화시
   킬 만큼 인간의 애정 행위가 강렬하다는 점, 인간과 자연의 연
   관성(우주의 섭리) 등에 대한 직관이 바탕을 이루고 있는데, 주
   술성에 관한 이론의 틀에 시를 기계적으로 꿰어 맞추려 한 논자
   의 의도가 너무 강한 것으로 생각됨.

(c) 심사 결과 요지

정현종의 시 <좋은 풍경>을 주술성의 관점에서 분석하고, 그것이
동종 주술과 접촉 주술에 근거하고 있음을 밝히고 있다. Ⅱ장에서 분
석의 이론적 배경을 밝히고, 그것을 토대로 Ⅲ장에서 작품을 분석하고
는 있으나 그 '이론적 배경'이 너무나 소략하며, 작품 분석의 결과도
너무나 상식적이다. 또 기존 논의 중에 이 시를 풍요 제의로 읽거나
생태학적 상상력으로 읽은 것이 있는데, 이 논문의 분석 방법이 기존
연구보다 어떤 점에서 뛰어난 것인지 잘 드러나지 않고 있다. 이 논문
에서의 관점을 정현종 시 전반으로 확대하여 정현종 시에 드러나는
'주술성'이 어떤 특징을 지니는지를 고찰할 필요가 있다고 생각된다.

4.6. 복합 이론의 접목

시 분석을 시도하면서 앞에서 언급한 것처럼 한 작품에 대해서
단일 이론을 접목해서 분석하는 방법이 있지만, 입체적인 관점을
견지할 필요가 있는 작품도 있다. 이는 시를 다양한 각도에서 접근
하는 것으로 이론간의 절묘한 결합이 되지 않으면 시 분석이 엉뚱
한 곳으로 해석되고 만다. 따라서 대개 공통점이 있는 이론들을 찾
아서 해결해야 한다. 여기에서는 구조주의 이론의 탐색 결과와 이
승훈 시 분석을 정리하면 다음과 같다.46)

1) 이론 탐색 및 접목의 검토 :
문학 연구의 과학적 접근 – 구조주의의 이해

I. 서 론

문학비평이 주관적인가 객관적인가를 두고 논쟁한 것은 오늘 어제의 일이 아니다. 그 논쟁의 양축이 이론적 근거를 가지고 줄기차게 이어져 왔다. 역사주의 비평과 구조주의 비평이 그 대표적인 이론적 근거이다. 비평이나 연구의 객관성과 과학적 인식을 바탕으로 한다면 구조주의의 유혹을 저버릴 수 없다. 그래서 구조주의에 대한 이론적 토대를 살펴볼 필요가 있다. 구조주의(構造主義)가 60년대에 출현하여 세계에 던진 충격은 45년 세계대전을 끝내고 실존주의가 던진 사상적 충격만큼 파문을 일으켰다. 그래서 구조주의는 문학뿐만 아니라 다른 여러 부분에도 영향을 끼쳤다. 세기에 영향을 끼친 구조주의는 무엇인가? 그 어원부터 살펴보고, 시대적·학문적 발생 배경을 검토한 다음 언어학과 문학의 관계를 살피고, 구조주의가 갖는 한계에 대해서도 살펴보았다.

구조주의는 같은 명명자에게 있어서도 지나치게 많은 형태로 사용되는 까닭에 그것의 정의는 어려운 일에 속한다.[47] 구조는 structure

---

46) 졸저, 『비평과 삶의 감각』, 역락, 2004, 186~197쪽.
47) 쟝 삐아제 외, 김태수 엮음, 『구조주의의 이론』, 인간사랑, 1990, 187~188쪽.
구조의 유사개념 중 가장 중요한 것은 체계이다. 이는 구조주의의 창시자로 여겨지는 소쉬르가 구조라는 용어보다는 체계(『일반언어학 강의』, 1916)라는 용어를 사용했기 때문이다.
먼저 체계라는 용어는 버탈란피(Ludwig von Bertalanffy)에 의해 처음으로 1930년대부터 쓰이기 시작하여 1950년대부터는 공식적으로 쓰이게 되었다. 그러한 체계는 "통일체나 유기적 전체를 구성하기 위해 서로 관계되거나

(영), structure(불), structura(라)로 '구축한다(to bulid)', '쌓거나 배열한다
(to heap together, arrange)'의 뜻이다. 구조주의에 대한 용어 설정에 있어
서 예외없이 받아들여지는 것이 심리학자 쟝 삐아제(Jean Piaget)의 이
론이다. 그래서 본 글에서도 쟝 삐아제가 제시하는 구조주의의 속
성에 대해서 검토하도록 하겠다.[48]

구조와 개념은 세 가지 핵심적인 용어로 이루어진다. 즉 전체성
(totality), 변형(transformation), 자율통제(self-reguration)이다. 구조의 속성에서
전체성이 결정적인 요소인데, 구조화된 전체의 성격이 구성의 법칙에
의해 결정되어진다. 예를 들면 장난감의 경우 블록 하나 하나가 기차
로 구조를 형성하는 요소가 되고, 집을 만들면 집의 창문 역할도 하게
되는 것이다.[49]

연관된 사물들의 집합 또는 배열"로 정의될 수 있다. 이 체계의 속성은 ①
부분(parts)의 포괄성, ② 관계(relation)성, ③ 환경(environment) 유관성, ④ 긴장
(tension)과 형태유지(morphostasis) 및 형태발생(morphogenesis)성, ⑤ 환류
(feedback) 및 목적성(purposiveness)으로 대략 정리해 볼 수 있다. 이렇게 볼 때
체제의 속성은 구조의 그것과 매우 유사하다. 따라서 많은 경우 이 두 가지
용어를 교호적으로 사용한다.
두 개념 간의 차이에 대해 샤프(Adam Schaff)는 구조란 요소 간 관계의 전체
인 체계의 내부에서 그러한 요소들이 서로 연관되는 방법이고, 체계란 한 요
소의 변화가 다른 나머지 요소의 변화를 초래할 정도의 관계를 갖는 밀접한
요소들의 총체(whole)라 한다.
48) 쟝 삐아제 외, 김태수 엮음, 앞의 책, 19~30, 186쪽 참고.
　· 김형효, 구조주의의 사유체계와 사상, 인간사랑, 88~90쪽 참고.
　· 테렌스·호옥스 지음, 오원교 옮김, 신아사, 1988, 17~21쪽 참고.
　· M. 마렌 그리제바하, 장영태 옮김, 「구조주의적 방법」, 『문학연구 방법론』,
　　　기리원, 1989, 195~217쪽.
　　┌ 의미 ① : 구조는 규칙에 따라 질서에 옮겨진 연관(질서화된 관계)
　　├ 의미 ② : 추상화, 일반성, 모형 model의 사상으로 특징화
　　└ 의미 ③ : 내용에 의해 관련, 향수 및 비역사적 법칙성
49) 김치수, 「構造主義와 文學研究」, 『구조주의』, 고려원, 1984, 14~15쪽.

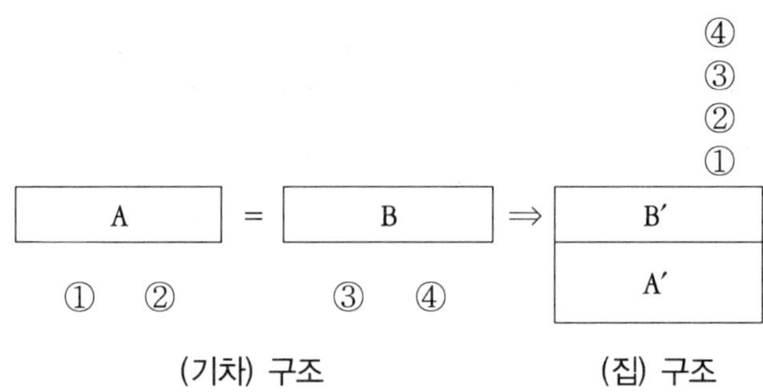

위의 도식에서와 같이 단순한 집합과 다르다. 구성요소들이 구조 안에 있을 때와 동일한 모양으로는 그 구조 밖에서 진정 독립해서 존재하지 않는다는 것이다.

두 번째 속성으로 변형(transformation)인데, 위와 같이 기차에서 바뀌는 집에 있어서 굴뚝이 되는 것처럼 구조화되면서 변형을 이룬다. 그래서 구조주의 속성은 구조가 자율통제(self-reguration)이고 자기 유지적이며 자기 폐쇄적이라는 것이다. 즉 추가되는 것은 구조 내재적 변형이 체제의 경계를 넘어서는 것이 아니라 항상 체제 내적인 요소에 작용하며 체제 법칙에 따른다는 점이다.[50]

구조주의의 발생을 시대적 배경과 학문적 배경으로 나누어 살펴보자.

구조주의가 본격적으로 시작된 분야는 언어·기호학의 분야인데, 그 대표적인 것이 프라하학파와 소쉬르이다. 즉 19세기 후반이었다. 야콥슨(R. Jakobson)의 영향을 받아 사회인류학의 영역에서 레비-스트로스가 구조주의를 체계화시킨 것은 20세기 초·중기이며, 알뛰쎄, 바르트, 라깡, 골드만 등에 전승되어 1960년대에 프랑스의 학문적

---

50) 쟝 삐아제 외, 김태수 엮음, 앞의 책, 28쪽.

배경이 되었고 전유럽·미국 등에 파급되었다. 그렇다면 왜 프랑스를 중심으로 하여 1960년대에 구조주의가 전면에 나타났는가?

1960년대는 드골의 집권기로 독재가 성공을 하고 있었다. 이때 우익 보수 진영에 반대하는 전유럽의 학생 시위 사태가 일어났지만, 프랑스에서는 신좌익보다는 학생, 지식인, 예술가, 노동자 등이 1968년 5월의 혁명을 주도했다. 이때는 프랑스를 위시한 전유럽의 사회적 격동기였으며 이런 일련의 사태에 대하여 새로운 철학이 요구되었다. 이러한 요구에 대해 부응한 것이 바로 구조주의이다. 즉 표면적 갈등, 이면의 구조적 모순의 존재, 역사주의와 정통 맑시즘을 대체하는 새로운 학문, 실존주의적 사고의 한계 등을 지적하면서 사회과학으로서 구조주의가 등장한다.

1960년대 학문적 주류는 프랑스를 중심으로 유럽의 인간 중심 학문인 실존주의(existentialism)와 미국 중심의 형태주의(behaviorism)였다. 이러한 학문이 프랑스 혼란을 수습할 능력이 없었다. 따라서 새로운 학문의 요청이 바로 구조주의의 등장 배경이다. 구조주의는 당시의 반과학적인 학문 전통인 실존주의 계열에 대해 과학성을 추구했으며 지나친 과학주의를 견지하는 미국식 경험주의도 반대했다(관찰 가능한 것만을 과학이라 하고 심층구조를 무시하는 전형적 과학주의에 반대 : 알뛰쎄).

II. 본 론

구조주의는 문학·예술뿐만 아니라 자연과학과 인문과학 등 거의 모든 과학에서 사용되고 있다. 문학비평의 한 방법으로서 구조주의(김현 : 문학적 구조주의)는 소쉬르와 야콥슨의 언어학과 레비-스트로스의 인류학을 그 원천으로 하고 있다. 종래의 역사주의적 방법과 달리 구조주의는 문학 자체의 법칙성 즉 문학 작품의 '문학성'을 밝히는 데 주력한다.

구조주의란 문학 연구의 경우 내재적 접근법 가운데 하나로 수용된다. 내재적 접근법 가운데 하나라고 말하는 것은 문학 작품을 문학 작품 자체로 연구한다는 점에서는 러시아 형식주의, 미국의 신비평 혹은 다소 다른 관점에서이긴 해도 신화 비평이나 원형 비평들도 여기에 포함될 수 있다.[51]

구조주의가 언어학과 문학에 어떻게 수용되었는지를 살펴보겠다.

문학에 있어서 구조주의와 언어학을 살필 때 적어도 구조언어학의 효시가 된 소쉬르(Ferdinand de Saussure)와 예술 작품을 언어와 동일시할 때, 모든 예술 작품은 현실을 반영하지 않고, 오히려 모호한 현실을 분별함으로써 현실에 의미를 부여한다. 이러한 의미를 생산하는 것을 언어의 기능으로 설정한 야콥슨을 이해할 필요가 있다.[52]

소쉬르는 언어에 대한 개념을 기호성, 임의성, 변별성, 체계성으로 기술하고 있다.[53] 소쉬르의 언어학적 기본 개념을 이해하기 위해서는 다섯 쌍의 이원적 대립 개념을 파악해야 한다.[54] 즉, ①

---

51) 이승훈,『한국시의 구조분석』, 종로서적, 1987, 13쪽.
52) 캐롤 샌더스, 김현권, 목정수 옮김.『소쉬르의 일반언어학 강의』, 한불문화출판, 1992.
　　·F. de. 소쉬르, 최승언 옮김,『일반언어학 강의』, 민음사, 1992.
　　·이정민 외,『언어과학이란 무엇인가』, 문학과 지성사, 1991.
　　·로만 야콥슨, 신문수 편역,『문학 속의 언어학』, 문학과 지성사, 1989.
53) 이승훈, 앞의 책, 23~25쪽.

langue / parole, ② signifiant / signifie(기표 / 기의), ③ form / substance (형식 / 실체), ④ rapport associatif / rapport sytagmatigue(연합관계 / 통합관계), ⑤ Synchronique / diachronique(공시적 / 통시적)이다. 랑그와 빠롤의 경우, 인간 언어의 총체적 현상 중에서 언어학 연구 대상으로의 측면을 분리시켜 '랑그'라 하고, 직접 경험·관찰할 수 있는 연구 재료로서의 언어현상의 차원을 '빠롤'이라 했다.

기표와 기의의 경우 '기표'와 '기의'는 <의미하다>라는 불어동사 signihier에서 파생되었다. '기표'는 동사의 현재분사가 명사화되어 <의미하는 것(signifiant)>, '기의'는 과거분사가 명사화되어 <의미하는 바의 것(signifie)>이다. 그러나 이 둘의 개념이 반드시 일치하는 것이 아니다. 이를 소쉬르는 자의성(恣意性, arbitraire)이라 한다.

형식과 실체의 경우, 인간의 말소리라는 음향적 실체를 이용하여 의사 소통을 하지만, 물리적 실체로서의 구체적인 말소리가 언어의 요소는 아니다. 즉 언어란 실체의 지탱을 받아 실체를 통해 실현되는 추상적 형식이다.[55] 연합관계와 통합관계의 경우, 소쉬르는 언어 체계를 결정짓는 언어 요소간의 관계로 두 가지를 설정했다. 즉 '연합관계'와 '통합관계'이다.[56]

공시태와 통시태의 경우, 언어 연구에 있어 언어체계 분석으로서 공시언어학의 이론적 기틀을 확고히 다진 개념이다.

---

54) 홍재성, 「소쉬르 언어학의 몇 가지 개념」, 『언어과학이란 무엇인가』, 문학과 지성사, 1991.

55) 종종 인용되는 장기 놀이를 예로 들면, 구체적인 장기판이나 장기말 등 물리적 실체(음성언어?)가 반드시 필요하지만 장기놀이에서 장기말의 기능, 가치, 규칙 등을 나타내는 형식이라 할 수 있는 경기규칙(문법?)이 중요하다.

56) 개(돼지, 소… 등 : 계열관계)는 가축이다(통합관계).

야콥슨은 의사 전달을 가능케 하는 여섯 가지 요소를 설정한 다음 어떤 요소를 강조하느냐에 따라 언어의 여섯 가지 기능이 드러남을 밝힌 바 있다. 그에 의하면 언어는 여섯 가지 요소로 구성된다.

모든 언어 전달 행위는 이상 여섯 가지 요소에 의하여 성립되기 때문이다. 발신자가 수신자에게 전언을 보내며, 전언이 전언으로서 발동되기 위해서는 관련 상황, 곧 지시물이 필요하며, 관련 상황은 반드시 언어 형식, 곧 신호 체계로 나타나야 한다. 뿐만 아니라 언어 전달 행위에 있어서는 신호 체계가 발신자와 수신자 사이에 개시되고 지속되는 것을 확인할 필요가 있다. 접촉이란 발신자와 수신자 사이의 물리적 회로 및 심리적 연결로서 의사 전달을 시작하고 지속케 한다. 이상 여섯 가지 요소는 언어 전달 행위에 섞여 나타난다. 그러나 이렇게 섞여 나타난다고는 해도,

그들 사이에는 위계적 순서가 존재한다. 다시 말하면 어떤 요소가 지배적인가에 따라 언어 구조는 달라지며, 따라서 언어의 기능도 달라진다.[57]

특히 언어학과 시학의 관련성을 논할 때 종종 언급되는 전언에 대해 살펴보자. 발언이 전언을 지향하면 언어는 시적 기능을 나타낸다. 여기서 시적 기능이라고 하는 것은 광의로는 예술적 기능에 해당된다. 결국 예술 작품이 예술적 기능을 나타낼 수 있는 것은 발언, 혹은 예술 행위가 발신자·수신자·관련 상황·접촉·신호 체계를 배경에 두고 발언 행위 자체, 예술 행위 자체를 전경에 둘 때 가능하다. 야콥슨은 그것을 기호의 명료성에 대한 지각이라고 했지만 러시아 형식주의자들은 "낯설게 만들기(ostrarenie)", 체코 구조주의자들은 "전경화(foregrounding)"라는 용어로 해명했다.

소쉬르가 주목한 언어의 특성인 계열관계와 통합관계가 바로 야콥슨이 말하는 전언(message)이 예술 작품과 어떤 관련이 있는지 주목할 필요성이 있다. 야콥슨은 선택의 축을 은유, 결합의 축을 환유의 개념으로 정리했다. 은유의 원리는 상사성 혹은 등가성, 환유의 원리는 접촉성이다. 결국 그에 의하면 모든 시는 등가성의 원리를 선택의 축에서 결합의 축으로 투사한다고 한다. 등가성의

---

57) 로만 야콥슨, 신문수 편역, 앞의 책, 61쪽.

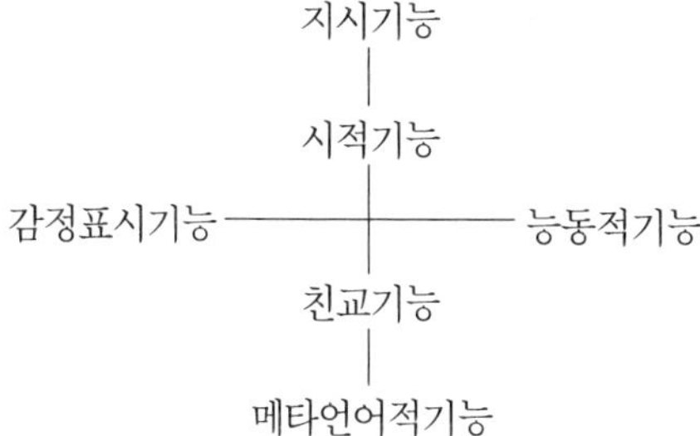

원리는 모든 시를 전개하는 수법이 된다. 곧 시인들이 낱말을 결합시키는 방법은 환유의 원리가 아니라 은유의 원리라고 할 수 있다. 따라서 시에서는 계열적 관계와 통합적 관계가 융합되고 치환된다.

여기서 분명히 밝혀두고 혼동해서는 안되는 문제가 바로 일상적인 발언과 시적 기능에 있어서 계열과 연합 즉 선택(selection, 유사관계), 결합(combination, 인접관계)이다.58) 이 문제에 대해서 이승훈은 하나의 보기를 제시하여 설명하고 있다. 모든 일상적인 발언은 계열적 관계와 통합적 관계가 서로 넘나들지 않을 때 가능하다. 그러나 시적 발언은 그렇지 않다. 계열적 관계인 선택의 축, 통합적 관계인 결합의 축이 헝클어질 때 시적 발언이 태어난다. 예컨대

(1) 나는 꽃을 꺾었다.
(2) 꽃처럼 붉은 울음을 밤새 울었다.

라는 두 개의 문장을 선택과 결합 관계의 도형으로 나타내면 다음과 같다.

---

58) 로만 야콥슨, 신문수 편역, 앞의 책 61쪽.
　　* 화자는 어린이(child), 아이(kid), 젊은애(youngster), 꼬마(tot) 등에서 한 단어를 선택하여 이 단어를 설명할 수 있는 단어 즉, 자다(sleeps), 졸다(dozes), 끄덕끄덕 졸다(nods), 낮잠자다(naps) 중에서 선택하여 결합됨으로써 발화가 이루어진다.
　　예) 배회하다 / 거닐다 / 돌아다니다…… 등에서
　　* 인접관계는 하나의 문장이나 텍스트에서 단어들을 의론적으로 정확하게 결합하는 것을 가능하게 함(181쪽 참고).

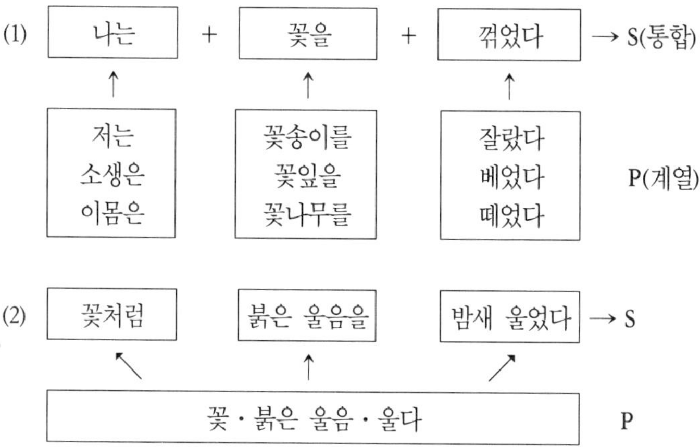

(1)의 경우는 일상적인 언어의 발화 현상인데 반하여 (2)는 표면적으로는 계열체에서 세 개의 기호를 선택하는 것 같지만 기호들이 하나의 계열체에서 선택되고 있는 것이다. 선택의 축이 결합의 축으로 투사되었다고 할 수 있다.59) 이러한 구조적인 선택과 결합이 바로 구조주의와 언어학에 대한 관계를 잘 보여주는 것이다.

III. 결론 – 구조주의의 비판

구조주의는 '질서의 학(學)'이다. 그래서 과학적인 사유 방식을 토대로 하기 때문에 객관성과 체계성을 갖추었다는 평가를 받는다. 그러나 이와 같은 긍정적인 평가와는 달리 맹점을 지적하는 학자

---

59) 로만 야콥슨은 「시적 기능은 등가의 원리를 선택의 축에서 결합의 축으로 투사한다」고 했다(The poetic function projects the principle of equivalence from the axis of selection into the axis of combination).

들도 있다. 그 대표적인 학자가 뽈 리꾀르이다. 뽈 리꾀르는 구조주의에 대한 비판은 먼저 그 구조주의에 대한 업적의 인정에서부터 시작한다. 그는 자기가 아는 한에서 지능의 수준에서 구조주의를 능가할 만한 엄밀성과 사고의 풍성함을 지닌 과학은 없다는 것이다. 그런데 그 구조주의는 어디까지나 과학이지 철학은 아니라는 것이다.

리꾀르가 구조주의는 과학이지 철학이 아니라고 말하는 근거는 세 가지 관점에서 파악되고 있다. 첫째로 구조주의는 말하는 주체로부터 분리되어, 언어는 기호의 체계로만 다루어진다는 점이다. 철학은 특히, 해석학은 말의 의미를 다져 나가는데, 구조주의는 말의 의미보다 기호체계가 상호간 어떤 차이가 나는 것만을 바라본다. 그래서 의미는 두 번째 서열로 밀려난다. 둘째로 동시성을 언제나 통시성보다 앞서 생각하는 것이 구조주의의 특징이다. 그런 경우 해석학과 철학은 어떤 의미의 역사성을 매우 귀하게 여기는데 구조주의에서 역사성은 증발한다. 셋째로 구조주의는 무의식의 체계만을 고려하기에 주체의 반성적 사유 기능이 제자리를 차지하지 못한다. 이 무의식적 사유는 자연과 동의어로 여겨지기에, 철학이 자리잡아 왔던 반성은 설 땅이 없다.

이에 덧붙여 일반적으로 논의되는 구조주의의 비판에 대해서 간략히 서술하면 다음과 같다.[60]

---

60) 쟝 삐아제 외, 김태수 엮음, 앞의 책, 221~223쪽.
    M. 마렌 그리제바하, 장영태 옮김, 『문학연구의 방법론』, 기린원, 1989, 217~222쪽.
    부수적인 비판의 대상이 되고 있는 몇 가지 결점을 ① 비역사성 ② 공허한 보편성 ③ 이중적 사고를 통한 제약 ④ 복수적 중립 ⑤ 탈(脫)사물화 등으로 파

첫째로 지적될 수 있는 것은 구조 내부에 있는 주체의 주관적 의미를 지나치게 경시했다는 점이다. 이 비판은 역으로 구조주의의 탄생 배경이 된 실존주의 계열에서 나온 것으로 이해되며, 이 계열과 해석학, 현상학, 인간주의 맑시스트는 항상 역사 주체로서의 인간을 중시해 왔다.

둘째도 첫째와 연관이 있는데, 구조란 일반적으로 그것을 창조하거나 구성하는 인간에 의해 형성되었다는 사실이 간과되고 있다.

셋째, 구조주의가 사용하는 개념은 경험주의―알뛰쎄르가 말하는 의미―를 반대하기 때문에 다분히 선험적이라는 데 문제가 있다.

넷째, 사유와 현실 사이의 괴리가 있다는 점이다. 이점 역시 세 번째의 문제점과 연관되어 있다.

다섯째, 개체를 전체에 종속시키는 전체주의(totalitarianism)를 고수한다. 개인적 경험이나 노력은 경시한 채 그것을 포괄하는 전체에 의해 설명하는 방식이다.

여섯째, 보편적인 법칙과 구조, 체계, 변형, 주체 등의 개념을 중시함으로써 그들이 배격하는 경직성의 과학주의에 스스로 빠지고 말았다. 이러한 그들의 노력은 인간을 해방시키는 것이 아니라 인간을 규격화·조직화·패턴화하는 위협적 작업이 된다.

일곱째, 구조주의는 역사를 무시하는 반역사적 태도를 견지한다. 소쉬르 이후의 모든 구조주의자는 과거를 현재의 일부로 보아 공시태적 연구를 주장해 왔다.

여덟째, 주로 미국식 기능주의와 행태주의의 비판이긴 하지만 구

―――――――――――――――――――――――

약하고 있다.

조주의는 어떤 문제에 대한 처방을 제시하지 못한다. 즉 설명에 치중하여 설명력은 높였지만 총체적 구조 파괴의 혁명 전략 이외에는 그 어떤 처방도 나올 수 없는 것이다.

구조주의를 비판했던 뽈 리꾀르는 "자신이 아는 한 지능의 수준에서 구조주의를 능가할 만한 엄밀성과 사고의 풍성함을 지닌 과학이 없다."는 구조주의가 인류에게 기여한 바이다. 문학 연구에 있어 엄밀성과 풍성함을 지닌 '문학적 구조주의'가 문학 연구의 과학화를 가져왔다는 점을 높이 평가해 왔다. 이러한 과학화는 바로 문학 연구의 주관적, 인상적 이해를 객관화시키는 중요한 지렛대 역할을 했음을 간과해서는 안 된다. 다만 인간 경험과 주체적 사유 체계를 받아들이지 않는다는 단점을 어떻게 극복할 것인가가 큰 문제점으로 지적된다.

2) 분석의 실제: 이승훈의 「당신의 방」

I. 서 론

왜 이승훈인가? 왜 『당신의 방』(문학과 지성사, 1986)이란 시집인가? 우선 이승훈은 『시론』(고려원, 1979)[61], 『시작법』(문학과 비평사, 1988)을

---

61) 이기철, 「10. 이승훈의 <詩論>의 시각」, 『시학』, 일지사, 1985.
  이승훈이 1979년에 낸 <詩論>은 그 내용의 포괄성이나 논리의 정연함에 있어서 이전까지 어떤 시론서들도 하지 못한 일을 이 한 권의 책이 한 셈이다. 다만, 이 책은 동양적 혹은 고전적 시론에 대한 불고려로 인해 동양 혹은 한국의 시나 시 전통에 대한 이해에는 별 도움을 줄 수 없다는 아쉬움이 있긴 하지만, 현대시나 현대시의 이론이 거의 모두 서구의 이론에 의해 해명되고 있다는 현실적인 조건을 생각할 때 그러한 점 불가피한 일이었음도 이해할

통해서 그의 시론을 세운 시인이고—다른 시인들은 시작법이 없다는 뜻은 아니다—이 시론서와 더불어 그가 시를 창작했다는 점 때문이다. 그리고 독자의 표현 욕구를 쉽고 강렬한 메시지로 적고 있다. 또한 타인과의 관계를 설정한 오늘날 현실의 삶을 나름대로 고뇌한 모습을 보여주기 때문이다. 특히 "시를 쓰는 것은 철학적 사유에 값하는 행위라는 공식을 실제 시를 통해 자신 있게 明示해 온" 시인인 까닭에 주목(조남현)되는 것이다. 이런 주목은 이승훈 시에 대한 연구 가치를 예고하는 것이다. 그렇기 때문에 본고는 이승훈 시를 주목한다.

이승훈은 1961년 ≪현대문학≫ 추천으로 시단에 데뷔했고, 『사물A』, 『환상의 다리』, 『당신의 초상』, 『사물들』 등 네 권의 시집을 냈으며, 『당신의 방』(1986년)은 그의 다섯 번째 시집이다. 이후에도 『밤이면 삐노가 그립다』, 『나는 사랑한다』 등의 시집과 『포스트모더니즘 시론』을 발간했다. 그러나 본 글은 이승훈의 작품 가운데 다섯 번째 시집인 『당신의 방』 가운데 표제시이면서 시제인 「당신의 방」을 통해 이승훈의 시세계의 한 단면을 엿보고자 한다. 물론 전작품을 대상으로 시인의 시세계를 파악하는 것이 전제되어야 할 것이다. 다만 본고에서 의도하는 또 하나의 목적은 문학 연구 방법론의 다양한 접근을 통해 한 작품를 어떻게 적용하여 시세계의 본질을 규명할 수 있느냐하는 데 있기 때문에 작품을 한정할 수밖에 없다. 접근 방법론은 과학적 문학 비평의 방법론이라 일컬어지는 몇몇에 국한한다. 그래서 시가 언어라는 전제 아래 형식주의, 구조

수 있는 일이다(316쪽)…… 이승훈의 <詩論>은 이전의 시론서들이 대체로 너무 통념으로만 쓰여지던 것에 대한 한 반성의 계기가 된 것으로서, 확실한 입론의 근거(주로 서구 수사 비평에 의존하는)를 가지고 쓴 시론이라는 점에 그 의의가 있다(320쪽).

주의 혹은 기호학과 담론체계의 용어를 빌어서 「당신의 방」을 분
석하고자 한다.

II. 본 론

1. F. de. Saussure의 계열 혹은 통합

F. de. Saussure는 프랑스의 구조언어학을 창시한 학자이다. 그의
이론적 토대는 사후에 제자들의 강의초록을 편집하여 출판한 「일반
언어학 강의(Course in General Linguistics)」(1916)에 근거하고 있다. 특히
시가 하나의 메타포(metaphor)로 이루어진다는 사실에 입각하면,
Saussure의 언어학 이론의 중요성을 새삼 인식하게 된다. 우선 「당
신의 방」이라는 시 전문을 읽으면서 Saussure의 두 체계로 접근하고
자 한다. 본고는 언어의 체계가 계열 혹은 통합의 원리로 이루어진
다는 그의 논리에 따라 「당신의 방」을 분석하고자 한다.

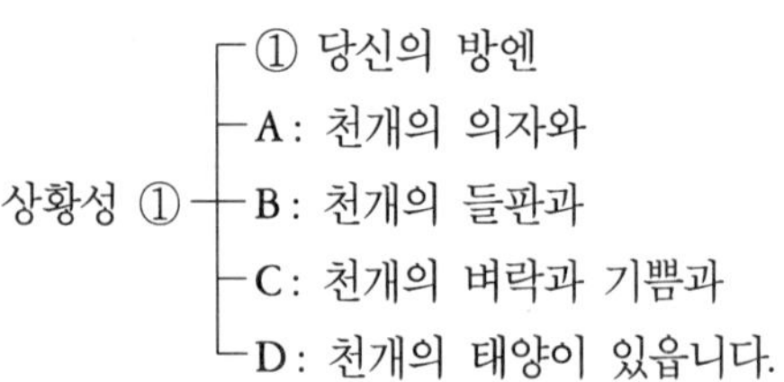

상황성 ③ ┬ 나는 죽을 때까지
　　　　　├ ①′ 아마 당신의 방엔
　　　　　└ 갈 수 없을 것 같습니다.

상황성 ④ ┬ E′: 나는 바람을 타고
　　　　　├ 날아가는 새는
　　　　　└ 될 수 없기 때문입니다.

「당신의 방」은 크게 4개의 통합체계를 이루고 있다. 그 가운데 첫번째 문장을 이루는 시행은 Saussure의 계열축 원리로 짜여진 것이고(상황성 ①), 나머지 3개의 문장은 계열축에서 선택된 한 개의 단어로 이루어진 통합체의 문장이다(상황성 ②, ③, ④). 이러한 선택과 결합에 의한 의미망의 구축은 한 편의 시에만 한정되는 것은 아니다. 한 작가의 전 작품을 대상으로 면밀히 분석한다면 그 작가가 그의 작품세계를 통해 의도하고 있는 시적 상상력의 세계에 좀더 분명하게 접근할 수도 있을 것이다.[62] Saussure의 계열과 통합의 원리에 따라 이 시를 세분화하면,

　□ 당신의 방엔　A: 천개의 의자 (+ 조사) 있읍니다.
　　　　　　　　 B: 천개의 들판
　　　　　　　　 C: 천개의 벼락과 기쁨
　　　　　　　　 D: 천개의 태양

---

62) 박종철, 「시 해석을 위한 언어기호학적 접근」, 『한국문학과 기호학』, 문학과 비평사, 1988.

우선 계열의 원리로 접근하면, '당신의 방엔 + (A / B / C / D) + 있읍니다'라는 시적 구조를 이루는데, 여기에 A, B, C, D는 같은 계열로 파악할 수 있다. 그렇기 때문에 이 시의 첫째 문장은 계열 축의 원리를 시적 구성으로 삼았음을 알 수 있다.

「당신의 방」은 위와 같은 사물들 즉 A, B, C, D의 사물들이 존재할 수 있으냐 없느냐라는 일상적인 물음이 생긴다. 이런 물음에 대해서는 당연히 「당신의 방」엔 위와 같은 사물들이 현실적으로는 존재할 수 없다는 것이다. 그러나 여기에 일상적인 담화가 아니라 시적 진실이 있다. 비록 사이비 진술(I. A. Richards, Pseudo-Statement)이라 하더라도 이는 바로 일상 언어를 통해 시인의 진실을 담고 있다. 이러한 시적 장치를 통해 시인이 말하고자 시적 진실(poetic truth)이 무엇인지 살펴보자.

「당신의 방」의 첫째 문장에서 A, B, C, D를 선택축으로 인식하게 되면 일정한 조화의 현상을 발견할 수 있다. 즉 <의자>는 인위적이고 가공적인 현상적 실물이라면63) <들판>은 자연적인 실물로 볼 수 있다. 그리고 '벼락과 기쁨'은 자연적인 현상과 <기쁨>이라는 인위적인 현상이 대등하게 위치해서 이들의 언어 배열의 질서 속에서 수평축과 수직축의 교차를 이루고 있다. 즉 수평축의 <의자, 들판, 기쁨>과 수직축의 <벼락, 태양>이 그러하다. 이들의 교차를 지배소(dominant)로 설정할 경우, 두 번째, 세 번째 문장에서 보여주는 <바람>, <새>가 수직 혹은 수평의 움직임을 보여준다. 그리하여 수직과

---

63) 「意味의 三角形」(I. A. Richards)으로 인식할 경우이다.

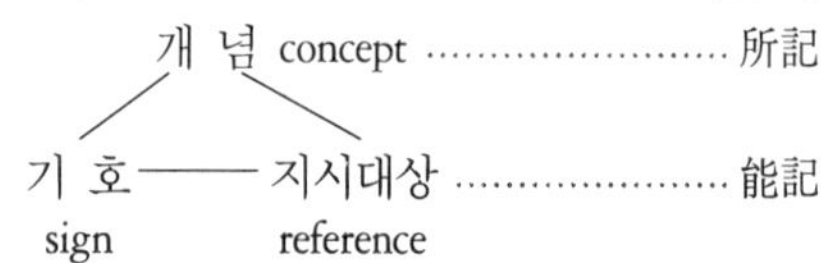

수평으로 이루어지는 우주적 질서의 구조를 보여준다.

나머지 3개의 문장은 선택의 축을 통하여 결합된 시적 표현이다. 즉 "당신의 방엘 가려면 / 바람을 타고 가야 합니다"처럼 <바람>의 경우에는 다른 어떤 어휘의 계열보다 선택될 수밖에 없는 상황인 것이다. 이는 <당신의 방>에 갈 수 없는 한계를 <바람>을 통해서 보여 주고 있다. 끝내 죽을 때까지 갈 수 없다는 불가능을 의미하는 시적 구조에서도 알 수 있다. 지상의 수평적 인간(시적 자아)은 날아 가는 새처럼 수직의 상승작용을 할 수 없다는 것을 깨달았기 때문에 시인은 이 시에서 존재의 비극적 한계를 보여주는 것이다.

2. Dominant(支配素) 혹은 Foregrounding(前景化)[64]

과학적인 인식의 틀로서 시어가 분석되기를 갈망했던 형식주의자들은 일상에서의 일탈(deviation)을 꿈꾸었다. 그래서 시인들은 일상에서 일탈된 현상으로 세계를 바라본다. 그렇기 때문에 시인들의 시 작품은 일상언어와 혼돈스러울 때가 많다. 이런 혼돈스러움에 대해 뉴 크리티시즘의 대표자인 I. A. Richards는 사이비 진술(Pseudo-Statement)과 과학적인 진술(Statement)로 구별하였다. 그런데 이 혼란스러움이 바로 시의 질서를 지배하는 지배소(Dominant)임과 동시에 전경화(Foregrounding)이다. 혼돈스러움은 바로 시인들의 창조적 표현이요, 삶의 정신적 구현이라고 할 수 있다. 이러한 점에서 본다면 「당

---

64) 쉬클로프스키의 전경화: 언어라는 매개체를 비일상적으로 사용함. 언어학의 逸脱(deviation), 규칙과 인습에 대한 위반, 상투적인 표현에서 새로운 지각 작용. 예) 김기림의 「일요행진곡」, 이상의 「오감도」 등 * background / foreground.

신의 방」은 적절하게 부응할 수 있는 작품이다.

앞에서 인용한 시를 들여다보면, 첫째 문장안(천개의 의자 / 천개의 들판 / 천개의 벼락과 기쁨 / 천개의 태양)에서, 첫째 문장(① : 당신의 방엔)과 셋째 문장(①′ : {아마} 당신의 방엔), 둘째 문장(E : 바람을 타고)과 넷째 문장(E′ : {나는} 바람을 타고), 그리고 행의 단위로 할 때 둘, 셋, 넷째 문장의 행(각 3행씩)에서 리듬이 발생한다는 것을 알 수 있다. 특히 첫째 문장 안에서 A, B, C, D의 선택축으로 인식하게 되면 또다른 일정한 조화를 발견할 수 있다. 하나는 시의 구조적 토대로서의 리듬이고, 다른 하나는 어휘적 층위가 있다는 것이다. 즉 음절수에 따른 3 / 2의 반복과 언어 배열의 질서에서 수평축과 수직축의 교차를 이루어 우주적 질서의 구조를 보여 준다.

A, B, C, D의 동일한 위치에서 서로 다른 것을 배열함으로써 리듬이 발생한다. 즉 시의 규칙적 순환성은 상이한 것을 같게 할 목적으로, 또는 차이점 속에서 유사성을 드러낼 목적으로, 다른 성분들을 동일 위치에서 주기적으로 반복하거나 이 동일성의 위장된 성격을 드러내고 유사성 속에서 차이점을 확립할 목적으로 동일한 것을 반복하는 것이다(①과 ①′, E와 E′도 마찬가지로 볼 수 있다).[65] 계열축의 위치에서 주기적으로 반복하여 유사성을 드러내지만 차이점을 확립하고자 했던 것이다. 수평적인 축과 수직축의 교차를 통해서 의미를 확립하는 것처럼 보통의 언어로 기술한다면 방에는 <의자>와 <기쁨>이 있을 수 있다. 굳이 그림이 아닌 다음에는 <들판>과 <벼락>, <태양>이 있다는 것은 일상에서의 일

---

65) 유리 로트만(유재천 역), 『시 텍스트의 분석』, 가나, 1987, 91쪽.

탈일 것이다. <의자>와 <기쁨>이 방안에 있다는 표현이 시어로
서 일탈되면, <천개의 의자>, <천개의 기쁨>이다. 이들 시어는 「당
신의 방」이라는 시세계를 결정하는 모티브(boundary motif)이다. 그리
고 지배소(Dominant)이다. 그래서 바람을 탈 수 있다는 가능성조차
일탈된 전경화(Foregrounding)이다.

이러한 전경화를 통해서 시인은 무엇을 이야기하는 것일까?

<가득함>이 있는 <당신의 방>으로 가려는 지향점을 나타낸 것
이다. <가득함>이라는 것을 보충한다면, 수사법으로 환유적 장치로
이해할 수 있다.[66] 즉 <의자>는 <안락함>을, <들판>은 <드넓은
평온함·생명의 싹틈>을, <벼락>은 <기쁨을 낳는 시련·고통>으
로 하여 <더 큰 기쁨>을 낳고, 그리고 우주만물을 생성케 하는 <태
양>이 있음으로 비유한다면, 첫째 문장이 갖는 <가득함>의 추상적
표현이 이해될 수 있을 것이다. 그러나 시적 화자는 대단히 외롭고,
고통받고, 고난이 있는 사람으로 <당신의 방>을 갈 수 없는―날아
가는 새가 될 수 없음―<당신의 방> 밖에 있는 존재자이다. 그래서
시적화자는 존재로서 비극적 한계를 인식하게 되는 것이다.

3. Situationality

60년대 후반과 70년대에 걸쳐 프랑스를 시작으로 해서 어떻게 <의
미>가 만들어지는가를 생각하는 움직임이 일어났다. 그 결과로 나

---

66) 김경용, 『기호학이란 무엇인가』, 민음사, 1994, 75쪽.
　　예) 거기엔 발 붙일 곳이 없다 : 사람 전체 대표
　　　　눈 좀 붙여야겠다　　　　　 : 수면, 휴식.

온 것이 담론(discourse)이다. 담론은 그것이 형성되는 제도와 사회적 실천의 종류에 의해, 그리고 말하는 사람들과 그들이 말을 하는 상대의 위치(position)에 따라 모습을 달리한다. 즉 담론은 동일적이지 않다는 것이다.[67] 말을 하는 상대의 위치에 따라 달라지는 텍스트를 「당신의 방」이라는 시를 통해 이해하고자 한다. 이는 보그란데와 드레슬러가 제시한 텍스트의 7가지 텍스트성(Textuality) 중 상황성(situationality)[68]의 원리를 틀로 삼고자 한다.[69]

앞의 시에서 상황성 ①은 텍스트의 시적 화자인 나는 <당신의 방>이라는 공간의 도입부를 제시하였다. 그리하여 수용자로 하여금 실제로 어떠한 방인지를 들여다 보게 하는 상황 증거들(천개의 의자, 천개의 들판, 천개의 벼락과 기쁨, 천개의 태양)을 보여 준다. 그래서 상황성 ②와 같이 나는 <당신의 방>에 갈 수 있는가에 대한 중간 점검을 하게 된다.

---

67) 다이안 맥도웰 지음(이상훈 옮김), 『담론이란 무엇인가』, 한울, 1992, 9~24.쪽. 담론연구는 구조주의를 절연하면서 나타난 프랑스의 학문이다. 절연하게 되는 이유는 다음과 같다. 「한 언어 안에서는 모든 사람이 같은 언어를 말하며, 말하고 쓰는 모든 발화(utterance)의 밑바닥에는 소리와 의미의 공통된 약호(code)나 일반체계가 깔려있다고 보았다(Saussure). 그렇지만 담론 연구는 체계(system)라는 관념을 통틀어 부정하지는 않지만 모든 담론 뒤에 단일화하고 일반적인 체계가 놓여 있다는 신념을 부정한다」.

68) 이현호, 『한국 현대시의 담화·화용론적 연구』, 한국문학사, 1993, 67쪽. 상황성(situationality)은 한 텍스트를 현재의 발화 상황 또는 복원 가능한 상황에 적절히 관련지어 지는 요인들에 대한 일반적 명칭이라고 정의된다. 텍스트를 상황성의 측면에서 분석할 때 중요한 점은, 담화 참여자들은 그들이 현재 처해 있는 통화적 상활 모델에 자신들이 기존에 지니고 있던 지식, 신념, 목적 등을 주입시키는 중간조정(mediation) 과정을 수행한다는 것이다. 다시 말해서, 당면한 통화 상황에서 액세스 가능한(accessible) 상황 증거들은 현실 세계에 관한 텍스트 사용자들의 사전 지식 및 기대와 함께 그 상황 모델 속으로 공급된다는 것이다.

69) 이현호, 위의 책, 13쪽.

「당신의 방」에 가고자 하는 절대적인 갈망의 중간 점검 결과가 상황성 ③과 같이 제시된다. 바람을 타고 가면 갈 수 있다는 문제 －해결(problem-Solving) 과정을 제시한다. 그리고 상황점검을 거쳐 상황관리에서 텍스트의 화자가 상황성 ③과 같이 「당신의 방」에 갈 수 있을까에 대한 회의적인 상황을 판단하게 된다. 문제－해결을 할 수 없는 상황에 이르자 죽을 때까지 당신의 방에 갈 수 없다는 체념화에 이르게 된다. 체념화의 인식을 분명하게 보여 주는 것이 상황성 ④이다. 즉 "바람을 타고 / 날아가는 새"가 될 수 없기 때문이다.

텍스트의 화자는 <당신의 방>에 영원히 갈 수 없으므로 인해 괴로워하며, 현실적인 불가능의 상태에 놓인 존재자이다. 그렇다면 한 번쯤 짚고 갈 문제는, 시적화자는 왜 그토록 <당신의 방>에 가고 싶어하는가이다. "(내가 사는 방이) / 절망도 없다 / 희망도 없다 / 빨리 빨리 없다 / 비탄도 없다 / 그리움도 없다 / 무슨 요란한 사상도"(「내가 사는 방」 중에서) 없기 때문이다. 그래서 내가 사는 방에서는 <당신의 방>에 가고자 하는 "중얼거림만 있다 / 그런 게 있고 / 그런 게 구원"이기 때문이다. 그런 구원의 공간이 바로 「당신의 방」이기 때문에 시적 화자는 「당신의 방」에 가고자 열망하는 것이다. 그리고 「당신의 방」에 가는 것은 곧 "병든 주체에 대한 인식, 병든 주체의 부정, 이 부정을 통하여 만나게 되는 객체의 의미, 주체와 객체의 대립을 극복하는 일"(시집 <自序> 중에서)이다. 그래서 「당신의 방」은 단순히 사랑에 괴로워하는 <연인의 방>이라기보다는 인간 본연의 삶에 대한 회의와 성찰을 보여 주는 시작이라 할 수 있다.

Ⅲ. 결 론

이승훈의 「당신의 방」을 과학적인 문학 비평 방법론으로 접근하였다.

F. de. Saussure의 계열 혹은 통합의 원리로 접근한 결과, 「당신의 방」에서 계열과 통합의 원리를 발견하였다. 이것으로부터 도출된 시세계는 자신의 비극적 현실 인식을 노래하고 있음을 밝혔다.

Dominant 혹은 Foregrounding으로 접근한 결과, 「당신의 방」은 외롭고, 고통 받은 현실에서 탈출하고자 하는 시적 화자의 열망을 노래했다.

Situationality로 접근한 결과, 「당신의 방」에 영원히 갈 수 없는 인간 본연의 삶에 대한 회의와 성찰을 보여 준 시작임을 밝혔다.

각기 다른 방법론이라 하더라도 과학적 접근 방법론이라는 공통 분모 위에서 「당신의 방」을 검토한 결과 시세계의 일관성을 모색할 수 있었다. 즉 자신(시적 화자)의 비극적 현실 인식(외롭고, 고통받은 현실 즉, 절망도, 희망도, 사상도 없는 현실에서 직면하게 되는 병든 주체에 대한 인식)에서 탈출하고자 하는 열망(병든 주체에 대한 부정)은 바로 인간 본연의 삶에 대한 회의와 성찰로부터 출발한다는 것이다.

작품 자체는 한 개의 완결된 구조체이므로 구체적이고, 객관적인 분석을 하지 않았을 경우에 빚어지는 관념성, 혹은 시를 탐독하면서 갖게 되는 감정의 유희에 빠진다. 따라서 하나의 구조체를 다각도의 문학 연구 방법으로 접근하여 일관된 작가의 시세계에 다가갈 수 있다면, 객관적이고도 과학적인 문학 연구 방법론이라 판단된다. 따라서 편하고도 탄탄한 구조는 바로 시인의 정신세계를 드러내기 때문에 과학적인 시 구조 분석의 접근은 필요하리라 여겨진다.

※ 참고문헌

김경용, 『기호학이란 무엇인가』, 민음사, 1994.

박종철, 「시 해석을 위한 언어기호학적 접근」, 『한국문학과 기호학』, 문학과 비평사, 1988.

이정민 외, 『언어과학이란 무엇인가』, 문학과 지성사, 1991.

이현호, 『한국현대시의 담화, 화용론적 연구』, 한국문학사, 1993.

다이안 맥도웰(이상훈 옮김), 『담론이란 무엇인가』, 한울, 1992.

로만 야콥슨(신문수 편역), 『문학속의 언어학』, 문학과 지성사, 1989.

유리 로트만(유재천 역), 『시 텍스트의 분석』, 가나, 1987.

캐롤 샌더스(김현권 / 목정수 옮김), 『소쉬르의 일반언어학 강의』, 한불문화출판, 1992.

C. K. Ogden / I. A. Richards(김봉주 역), 『의미의 의미』, 한신문화사, 1986.

F. de. Saussure(최승언 옮김), 『일반언어학 강의』, 민음사, 1992.

현대시 분석의 쟁점
: 표절 시비

1. 문제 제기
2. 시 텍스트 분석과 해결 방안
3. 맺음말

█제4장█ 현대시 분석의 쟁점 : 표절 시비

1. 문제 제기

  현대시를 분석할 때 선정의 까다로움 가운데 하나는 표절(剽竊)
에 관한 시비다. 좋은 작품일수록 표절 시비는 일게 마련이다[1].
그렇기 때문에 작품성을 분명히 따질 필요가 있다.[2] 작가들 사이
에서 원작과 표절작 사이의 시비라 하더라도 작품을 평가하는 비

---

1) 졸고, 「모방과 표절 시비」, 『한국현대시의 탐색』, 역락, 2001, 269~283쪽 참고.
2) 비록 학계에서는 표절을 둘러싼 일련의 문제에 대해 본격적인 '논쟁'이 진행
   된 바는 없으나, 우리 비평계는 제법 열띤 논쟁의 시기를 거쳤던 적이 있다.
   1992년 이인화의 소설 「내가 누구인지 말할 수 있는 자는 누구인가」를 둘러
   싼 일련의 논쟁이 그것이다. 이 논쟁은 그 자체로는 논자들 쌍방이 공히 동
   의할 수 있는 투명한 '합의'에는 이르지 못했지만, 적어도 '표절'을 둘러싼
   최소한의 '자의식'이 형성된 계기였다는 점에서 주목할 만하다. 특히 이 논
   쟁은 당시에 하나의 유력한 '지적 패션'이었던 '포스트모더니즘 수용'을 둘
   러싼 논쟁과 연동되면서, 우리가 앞에서 이야기한 '문화 식민주의'의 문제에
   대해서도 심화된 고민을 전개시키는 계기가 되었던 점도 기억될 필요가 있
   다(이명원, 「'표절'과 '문화 식민주의' 논쟁 : '새것 콤플렉스'로부터의 자유는
   불가능한가」, 『파문』, 새움, 2003, 227~228쪽).

평가의 입장에서는 과연 어느 작품이 표절인지는 논쟁거리가 아닐 수 없다. 그래서 원작과 표절작에 대한 몇 가지 가능성을 짚을 수 있다. 우선 두 원작이 따로 창작되었기 때문에 표절로 보기 어렵다는 경우, 둘째, 의도적 표절이 아니라면, 우연의 일치일 수도 있다. 셋째, 표절일 경우 원작과 표절작을 뒤바꾸어 독자들에게 알려질 수도 있다. 넷째, 선후배 시인 간에 좋은 작품에 대한 문학적 영향을 받았다고 볼 수 있다.[3] 가령 발표 시기를 조작할 수 있기 때문이다. 그러나 이를 어떻게 증명할 것인가? 이런 문제들을 고려해 보면 시 작품 분석의 대상 선정과 동시에 분석의 태도를 분명히 할 필요가 있다. 본고는 원작이라고 주장하는 작품과 표절이 아니라고 주장한 작품을 통해 이를 검토하고자 한다.

---

3) 오탁번 시인은 아마도 정지용의 시에 심취한 습작기를 가졌던 것 같고, 그의 시심에 지용의 영향이 깊이 뿌리내린 것으로 보인다.

　　지용을 꿈꾼 저녁마다 창 밖에서 바람 소리가 들렸다. 아침이면 알지 못할 방문객이 초인종을 누르며 나를 찾아왔는데 그의 모습도 그가 투표권이 있는지도 나는 모른다. 그는 자꾸 종을 누르며 나는 점점 그를 알지 못하며, 지용을 꿈꾼 저녁마다 창 밖에서 바람 소리가 들렸다. 난초 잎에 적은 바람이 오다. 난초 잎은 춥다.

—「지용에게」 전문

　　위 시 끝부분 "난초 잎에 적은 바람이 오다" "난초 잎은 춥다"는, 정지용의 "난초 잎에 / 적은 바람이 오다" "난초 잎은 / 칩다"(「난초」)의 끝부분을 그대로 옮긴 것이다. 이 옮김을 누가 표절이라 할 것인가? 그것은 바로 오탁번 시인의 정지용에의 편향, 정지용의 시에의 애착이 아닌가?(이기철, 「해학의 넓은 길 — 오탁번 시인」, 『쓸쓸한 곳에는 시인이 있다』, 2005, 219~220쪽).

2. 시 텍스트 분석과 해결 방안

2.1. 오세영의 「서울은 불바다 2」와 이대흠의 「봄은」

1994년 ≪현대시사상≫(여름호)에 발표한 오세영의 「서울은 불바다 2」와 1997년 5월 ≪제3회 현대시 동인상≫ 수상작인 이대흠의 「봄은」이 그 표절 시비의 대상작이다. 우선 두 작품을 인용해 보자.

가)

적 일개군단
남쪽 해안선에 상륙,
전령이 떨어지자 갑자기 소란스러워지는
戰線
참호에서, 지하 벙커에서
녹색 군복의 병정들은 일제히 하늘을 향해
총구를 곧추세운다.
발사!
소총, 기관총, 곡사포, 각종 총신과 포신에
붙는 불,
지상의 나무들은 다투어 꽃들을 쏘아올린다.
개나리, 진달래, 동백……
그 현란한 꽃들의 전쟁,
적기다!
서울 영공에 돌연 내습하는 한 무리의
벌떼!
요격하는 미사일

그 하얀 연기속에서
구름처럼 피어오르는 벚꽃,

봄은 전쟁인가,
서울을 불바다로 만든
이 봄의 핵 투하.

나)

조용한 오후다 무슨 큰 일이 닥칠 것 같다 나무의 가지들 세상 곳
곳을 향해 총구를
겨누고 있다 숨쉬지 말라 그대 언 영혼을 향해 언제 방아쇠가 당
겨질지 알 수 없다 마침내
곳곳에서 탕, 탕, 탕 세상을 향해 쏘아대는 저 꽃들 피할 새도 없이
하늘과 땅에 저 꽃들 전쟁은 시작되었다 전쟁이다.

가)가 원작이라고 주장하는 오세영은 나)의 이대흠의 시가 표절했
다고 주장한다. 이에 대해 수상작 심사를 맡은 정진규는 다음과 같
이 이의(異義)를 제기한다.

가)

오씨는 "봄은 일종의 자연의 전쟁"이라는 상상력 내지는 발상에서
부터 '나뭇가지―총, 꽃―총, 발포―꽃의 개화' 등 시적 소재를 거쳐
"봄은 전쟁인가", "봄은 전쟁이다"는 결말 부분이 똑같아 두 시의 일
치성을 확인시켰다.
　　이경철, 「가버린 순수 시인과 순수성의 확보」, ≪문예중앙≫, 1997, 가을호, 221쪽.

나)

오씨에 대한 반론을 편 사람은 이 상의 심사를 맡았던 정진규 씨.

“봄날의 생명적 역동성을 두고 ‘전쟁’으로 비유하는 것은 보편적 발상이기 때문에 어느 한 시인의 독창적 전유물이 될 수 없다”며 표절로 볼 수 없다고 했다.

이경철, 위의 책, 221쪽.

다)

이에 대해 오씨는 “설사 보편적 상상력이라 해도 소재나 표현이 같으면 표절로 볼 수밖에 없다”고 재반론을 폈다. 그러면서 오씨는 “한국 시단의 발전과 건전한 창작 기풍의 진작을 위해 노력하는 일도 선배 시인들이 감당해야 할 몫”이라고 밝혔다.

이경철, 위의 책, 222쪽.

가)는 시 창작의 상상력과 발상을 문제삼아 표절의 근거를 밝히고 있다. 나)는 창작에서 상상력과 발상은 보편성이기 때문에 표절로 볼 수 없다는 주장이다. 다)는 이들 서로의 반론 내용이다.[4]

---

4) 다음 두 작품은 시적 발상이 유사하다고 볼 수 있다. 전문을 인용하면 다음과 같다. 가) 작품이 지방 신문의 신춘문예의 가작인데, 나) 작품의 발상을 빌렸다고 하는 논의가 있었다.

가) 비린내 그윽한 다대포 바닷가 / 꼼장어 구이집 방문 앞에 / 각양각색의 신발들이 뒤엉켜 있다. //
다른 구두에 밟힌 채 일그러진 놈 / 에라 모르겠다 벌러덩 드러누운 놈 / 물끄러미 정문만 바라보는 놈 / 날씬한 뾰족구두에 치근대는 놈 / 신발 코끝 시선들이 그야말로 아수라장이다. //
어느새 젓가락 장단 끝이 나고 / 사람들 한 무더기 자리를 털고 일어서자 / 다대포 앞바다 썰물 빠지는 소리가 / 꼼장어 구이집 창 너머로 아득하다. //
연방 뭐라고 중얼거리는 꼼장어 안주 삼아 / 슬며시 쓴 소주 몇 잔 들이켜고는 / 담배 한 개비 입에 문 채 가만히 생각해 보니 / 잠시 정박했던 배들이 / 저 푸른 바다로 떠난 것이었다. //
그 순간, 꼼장어 구이집 안으로 / 환한 웃음 실은 만선(滿船)들이 쏟아져 들어온다.

— 손병걸, 「항해」 전문

나) 저녁 상가(喪家)에 구두들이 모인다 / 아무리 단정히 벗어놓아도 / 문상을 하고 나면 흐트러져 있는 신발들 / 젠장, 구두가 구두를 / 짓밟는 게 삶이다 /

비평가는 어느 입장에 서야 하는가? 기본적으로는 작품 분석과 평가에 대한 냉철한 입장을 고수해야 하지만 표절작에 대한 논의를 간과할 수는 없다. 문학상을 받는다는 것은 한국문학사에 위치할 수 있는 가능성이 높다는 점에서 신중하게 검토해야 한다. 자칫하면 표절작으로 한국시문학사가 정리될 수 있기 때문이다.

표절과 독창성은 문학 창작에서 중요한 문제다. 필자는 텍스트의 꼼꼼한 분석을 시도한 다음에 이에 대한 논의를 시도하는 것이 중요하다고 판단한다. 따라서 본고에서 검토하는 단계는 다음과 같다. 첫째 각 작품의 주제를 <구조 선행의 방법>으로 분석한다. 두 번째는 이와 비슷한 사례를 통해 표절 여부를 판단하는 자료로 활용한다. 세 번째는 표절작이 아닐 경우와 표절작인 경우를 상정하여 비교해 본다. 이러한 방법으로 검토한 뒤, 이에 대한 여부를 정리하는 것이 자연스러울 것이다.

2.2. 시 텍스트 분석

오세영의 시부터 분석하겠다. 1연의 1행은 마치 전쟁의 상황을 연상케 하는 "적 일개 군단"이 표현되었다. 2행은 "남쪽 해안선에 상륙"이라는 실제 전쟁 상황을 제시하고 있다. 그리고 3행과 4행에서는 전쟁 상황의 실제감을 보여 주는 "전선(戰線)"이다. "감옥에서,

---

밟히지 않는 건 망자(亡者)의 신발뿐이다 / 정리가 되지 않는 상가의 구두들이여 / 저건 네 구두고 / 저건 네 슬리퍼야 / 돼지고기 삶는 마당가에 / 어울리지 않는 화환 몇 개 세워놓고 / 봉투 받아라 봉투, / 화투짝처럼 배를 까 뒤집는 구두들 / 밤 깊어 헐렁한 구두 하나 아무렇게나 꿰 신고 / 마당가에 가서 오줌을 누면, 보인다 / 북천(北天)에 새로 생긴 신발자리 별 몇 개
　　　　　　　　　　　　　　　　　　　－ 유홍준, 「喪家에 모인 구두들」 전문

지하 벙커에서 / 녹색 군복의 병정들은 일제히 하늘을 향해 / 총구를 곧추세운다”는 총구에서 발사되는 총알을 “붙는 불”로 묘사한다. 이는 실제 전선에서 벌어지는 전쟁 상황을 그리고 있다. 그런데 이 시의 시적 발상이 전쟁 상황을 봄꽃이 피는 과정으로 인식의 전환을 가져 온 작품이기 때문에 상당히 흥미롭게 읽힌다.

11행에서는 개화를 “지상의 나무들은 다투어 꽃을 쏘아 올린다”는 이미지로 대체한다. 그리고 꽃들의 정체는 개나리, 진달래, 동백 등등이다. 이러한 꽃 종류의 개화를 “그 현란한 꽃들의 전쟁”이라고 표현한다. 여기서 적이 누구인지를 알 수 있기 때문에 재미있게 읽힌다. 정말 추운 겨울이거나 이에 연상되는 어떤 의미가 적군으로 표현된 것이다. 적어도 적기다라고 했을 때, 봄의 개화를 방해하는 강력한 세력이라면 추운 겨울일 수 있다. 그러나 다음 행에서는 “서울 영공에 내습하는 한 무리의 / 벌떼”로 표현하고 있다. 그리고 봄의 정체를 밝히기 위해 시인은 연을 바꾸어 정확하게 표현하고 있다. “봄은 전쟁인가. / 서울은 불바다로 만든 / 이 봄의 핵 투하”라고 했는데, 이는 봄에 대한 아름다움을 묘사했다거나 봄이 가지는 시인만의 슬픔을 표현한 것이 아니다. 다만 봄이 오는 것을 전쟁 상황으로 다시 한 번 제시한 것이다.

이대흠의 시는 총 4행으로 된 비연시(非聯詩)이다. 시의 내용을 보면 오세영의 시와 달리 변화를 증폭시키기 위해 “조용한 오후”라는 시간적 배경을 정리해 놓고 있다. 변화를 증폭시키기 위해 “무슨 큰 일이 닥칠 것 같다”라는 시행을 더 보탬으로써 그 의미는 무게를 더하고 있다. 이는 독자들에게 심리적 압박감을 통해 정서적 카타르시스를 요구하는 시작 태도이다. 결국 “나무의 가지들"을 "총구"에 비유함으로써 "세상 곳곳"에서 개화를 암시하고 있다. 봄날의 엄숙한 변화를 시인은 "숨쉬지 말라"고 경고하는 것이다. 현대 속에서 "언 영혼을 향해 언제 방아쇠가 당겨질지 알 수 없다"고 하여 숨막히는 상황을 쉼없이 전개하고 있다. 그래서 연의 구별을 통해 시적 감정의 휴지를 주지 않고 계속해서 긴장감을 유지한다는 점에서 탁월한 시적 장치를 보여주었다고 판단된다. 마침내 그 엄숙한 순간을 "탕, 탕, 탕 세상을 향해 쏘아대는" 개화를 보여 주고 있다. "하늘과 땅에 저 꽃들 전쟁은 시작되었다"고 하면서 한 마디로 "전쟁"이다라고 했다. 우리가 선행한 "전쟁"의 이미지는 죽음과 고통이지만 이 이미지를 완전히 뒤집는다는 점에서 그 탄성을 자아낸다. 하지만 그 탄성이란 결국 봄날의 개화를 전쟁 상황에 비유한 것인데 오세영의 시적 발상과 유사함을 엿볼 수 있다. 그래서 주제 혹은 시적 발상이 같다는 점에서 표절이라는 주장이 설득력을 가질 수 있다. 그러나 문학상의 심사를 맡았던 정진규는 "보편적 발상"이라는 입장을 견지한 것이다. 이에 대해 오세영은 소재나 표현면에서 보면 같다고 하여 표절이라고 주장하는 것이다.

2.3. 쟁점 해결을 위한 내용적 논의

필자는 표절과 모방, 그리고 패러디에 대해서 고민하고 논의한 바가 있다. 필자의 논의가 오세영과 이대흠 시 논쟁을 정리하는데 어떤 근거를 제시할 수 있을 것이다. 김춘수의 「꽃」에 대한 필자의 논의를 정리해 보면 이에 대한 논의를 파악할 수 있을 것이다.

1950년대 실존주의 철학을 바탕으로 하여 인구회자(人口膾炙)되었던 김춘수의 「꽃」에 대해서 많은 시인들이 의도적으로 창작하였다. 이의 검토를 통해 기준을 마련했었다. 다음은 필자가 논의한 내용을 결론만 정리한 것이다.[5]

이에 대한 원전(pre-text)과 대상 작품(parodied-text)의 각 연의 구성과 주제가 어떻게 다른지를 간략히 도표화시키면 다음과 같다.

	<pre-text> (김춘수)	target-text—1 (오규원)	target-text—2 (장정일)	target-text—3 (장경린)	target-text—4 (최상호)
연(聯)구성	4	5	4	5	5
支配素 (Dominant)	이름-몸짓-꽃-하나의 눈짓	이름-명명-의미의 틀	단추-라디오-전파-사랑	섹스-꽃-利子	의미있는 존재-이름-꽃
주 제	인간 존재의 고독성에 대한 서로의 인식	인간 존재의 관계에서 왜곡되지 않는 '의미의 틀'로 자리 지워 지기를 갈망	진정한 '우리들의 사랑'을 자유롭게 구가하고 싶은 욕망	물질문명의 사회 비판과 진정한 사랑을 갈구	한 사람의 시인으로서, 지식인으로서 느끼는 자괴감과 완전치 못한 교사로서의 부끄러움

위의 내용을 통해 내릴 수 있는 결론은 다음과 같이 정리할 수 있겠다.

첫째, 입력된 의도를 위해 시인은 시적 구성(연 또는 행)의 변화를 시도하고 있다.

둘째, 독자로 하여금 자가의 의도를 추론할 수 있도록 중요 모티브

---

5) 졸고, 「고전시론과 현대시론의 한 접점 연구」, ≪한국시학연구≫, 한국시학회, 1998, 156~188쪽.

의 변화를 시도하고 있다.

셋째, 작가의 의도된 결과는 다소 거리를 둠으로써 창작적인 패러디를 보여주고 있다.

넷째, 용사 가운데 환골탈태론이 있다. 이는 시 작품자체를 한정하여 패러디를 축약적으로 제시한 경우이다. 환골탈태론 중에 환골법은 특정 작품의 시상을 그대로 두고 다른 어휘를 사용하는 방법, 즉 동일한 통사 구조에 어휘만 바꾸어 놓은 것이다. 물론 pre-text와 parodied-text 사이의 거리는 다소 존재하지만 위의 작품들은 바로 환골법과 같은 기법과 다름이 아님을 알 수 있다. 여기에서 본고가 의도하는 고전시론과 현대시론의 한 접점을 확인할 수 있다.

위와 같은 방법론으로 두 시를 비교해 보면 다음과 같다.

	<pre-text> 오세영의 「서울은 불바다 2」	target-text 이대흠의 「봄은」
연(聯)구성	2	비연시(非聯詩)
支配素 (Dominant)	봄	봄
주 제	봄의 개화	봄의 개화

위와 같이 이대흠의 짧은 비연시(非聯詩)를 오세영 시와 비교해 보면 다음과 같다.[6] 창작 동기 / 지배소 / 주제의 동일성으로 본다

---

6) 시행은 의미 전달의 최소 단위로 구성하는 것이고, 시행의 파괴도 표면적으로 파괴일 뿐, 의도적으로는 작가의 의도가 깔린 창작의 형태로 시행을 구성한다는 것을 알 수 있다(졸고, 「시행과 연의 의미」, 『비평과 삶의 감각』, 역락, 2004, 29쪽).

김춘수는 행과 연이 이루어지는 이유를 ① 리듬의 단락, ② 의미의 단락, ③ 이미지의 단락이라고 했다(『김춘수 전집 - ②』, 문장사, 1982, 403쪽).

면, 분명 표절 시비가 있음을 알 수 있다. 오세영은 전쟁 상황에서 전쟁이다라고 묘사했지만, 이대흠은 조용한 오후에 갑자기 전쟁이 시작되었다고 할 경우 시적 감흥이 떨어진다고 할 수 있다. 이 시의 계기가 봄의 개화라는 시적 상상력과 전쟁 상황으로 비유하는 도발적인 발상이었다면 뭔가 석연치 않은 것이 사실이다.

정진규는 "봄날의 생명적 역동성을 전쟁으로 비유하는 것이 보편적 발상이고 생명의 역동성일 뿐, 그 이상의 발상은 창의성으로 보아야 할 것이다."라고 했다. 비교와 판단에 근거한 평가라 하더라도 비평가의 분석은 곤혹스럽다. 여기에 텍스트 선정과 분석의 논쟁점이 자리하고 있는 것이다.

2.4. 쟁점 해결을 위한 형식적 논의

시인 박상배는 모방과 표절의 정당성을 주장했지만 이는 시인의 정당한 시적 고뇌를 바탕으로 해야한다는 전제 하에 가능한 이야기이다. 김춘수는 "우리는 항상 남으로부터 받는 영향을 두려워할 것이 아니라, 그것을 어떻게 소화해서 내 것으로 할 것인가 하는 데 대해서 마음을 써야"[7] 한다고 했다. 한국시사에서 주목받은 시인들은 한결같이 김춘수의 「꽃」을 패러디했음을 밝히고 있다. 김춘수의 「꽃」을 패러디했다고 밝힌 시작 제목들을 정리하면 다음과 같다. 오규원의 「'꽃'의 패러디」, 장정일의 「라디오같이 사랑을 끄고 켤 수 있다면 — 김춘수의 '꽃'을 변주하여」, 장경린의 「김춘수의 '꽃'」, 최상호의 「김춘수의 '꽃'을 가르치며」 등이다. 따라서 이대흠은 분

---

7) 김춘수, 「아류와 영향」, 『시의 이해와 작법』, 자유지성사, 2003, 115~116쪽.

명히 패러디했다거나 모방이나 표절을 하지 않았다는 분명한 태도나 창작적 패러디를 했다는 태도를 보이지 않았다. 이를 어떻게 볼 것인가?

또 다른 측면에서 문제가 제기될 수 있다. 위의 논의는 전체적으로 다른 중요한 시어만 고친 환골법이지만 오세영과 이대흠은 시어를 고친 것이 아니라 시상을 빌려왔다는 점에서 탈태법의 원리로 파악할 수 있다. 시상을 빌린 것이 과연 표절인가를 평가해야 하는 문제이다. 이는 작가의 양심에 있다. 비평가나 연구자가 이를 단정할 경우 반드시 또 다른 논쟁을 불러일으키게 되고, 본질을 왜곡하여 소모적인 논쟁이 될 가능성이 있는 것이다.

앞의 시와 시적 발상이 유사한 오세영의 시 한편을 인용하면 다음과 같다.

> 산천(山川)은 지뢰밭인가
> 봄이 밟고 간 땅마다 온통
> 지뢰의 폭발로 수라장이다.
> 대지를 뚫고 솟아오른, 푸르고 붉은
> 꽃과 풀과 나무의 여린 새싹들,
> 전선엔 하얀 연기 피어오르고
> 아지랑이 손짓을 신호로
> 은폐 중인 다람쥐, 너구리, 고슴도치, 꽃뱀……
> 일제히 참호를 뛰쳐나온다.
> 한치의 땅, 한 뼘의 하늘을 점령하기 위한
> 격돌,
> 그 무참한 생존을 위하여

봄은 잠깐의 휴전을 파기하고 다시
전쟁의 포문을 연다.

오세영, 「봄은 전쟁처럼」, 『봄은 전쟁처럼』, 세계사, 2004.

이 시에 대한 한 평자의 글을 인용하면 다음과 같다.

이 작품에서 시인은 생명이 약동하는 봄날을 전투 상황에 비유
하는 낯선 방식을 통해, 자연이 빚어내는 저 요란한 생명의 축제를
그려낸다. 차갑고 황폐한 대지의 억압을 뚫고 나와 저 창공을 향해
무한히 비약하려는 "꽃과 풀과 나무의 여린 새싹들", 또 대지의 은
폐를 떨쳐보이고 일제히 봄날의 햇살 속으로 뛰쳐나오는 짐승들이
벌이는 도저한 생명의 축제, 시인은 자연이 펼쳐 보이는 생명의 축
제를 통해 죽음을 강요하는 근대의 기계적인 세계상에 대항한다.
기계―문명―도시에 대해 유기체적 자연 질서를 맞세우는 이러한
문명비판의식은 오세영 시인의 시 창작에 일관하고 있는 동양적 자
연관에 맞닿아 있는 것이다. 자연은 그에게 도구적 "이성(理性)만
남고／인간이 죽어버린 이 세계"의 광기와 폭력성을 고발하는 정신
적 준거가 된다.

남기혁, 「자연과 생명, 문명 비판의 목소리」, 《시와 사학》, 2005, 봄호, 350쪽.

본고에서 논의하고자 한 시 가)와 나)를 비교해 보면, 시적 발상
이 기본적으로 동일함을 알 수 있다. 그것은 "생명이 약동하는 봄
날을 전투 상황에 비유"했기 때문이다.[8] 위의 시는 오세영의 연작
으로 볼 수 있다. 동일 시인의 연작은 시인의 시작 태도나 주제, 애
매한 시의 해석을 할 때 검토할 필요가 있다.[9] 위의 작품은 오세영

---

8) 유성호도 "봄을 폭박적인 전쟁 이미지로 노래한 시"라고 피력했다(「서정적 인
   간 회복을 위한 역설적 꿈」, 『봄은 전쟁처럼』, 세계사, 2004, 132쪽).
9) 최동호 편역, 「제4장 시 해석의 사례」, 『시의 해석』, 새문사, 1985, 73쪽.

의 시적 발상이 토대가 된 여러 작품 중의 한 작품인 것이다. 결국 가)는 오세영의 시작 태도가 분명하게 드러난 작품임을 알 수 있다. 그러나 가)와 나)의 작품이 정말 우연의 일치였다면 이는 시적인 영감의 일치라고 볼 수 있다. 시적 영감이 없다고 누가 이야기할 수 있겠는가? 하지만 그 시적 영감이 정말 일치할 수 있는가하는 의구심을 누구나 가지게 될 것이다.

3. 맺음말

창작과 표절 사이의 시비 경계점을 찾는다는 것은 매우 까다롭고 어렵다. 본고는 창작과 표절 시비 사이에서 하나의 기준을 제시하고자 했다. 그래서 두 시인의 작품을 대상으로 검토한 결과는 다음과 같다.

첫째, 소재나 제재를 통하여 형상화하는 방법론이 유사하다면 이를 표절로 볼 수 있다.

둘째, 창작과 표절의 경계를 둘 때, 연의 형태, 지배소, 주제를 통하여 정리할 수 있다.

셋째, 마찬가지로 경계는 작가 자신이 창작 기법이나 소재, 제재 등을 인용 혹은 패러디했음을 밝혀야 어느 정도 허용된다. 그 허용 정도란 창작 의도를 지배하는 것이 아니라 자신의 창작 의도에 부합해야 한다. 모름지기 작가들은 항상 창작 정신의 고갈이나 새로운 창작 기법의 연장이냐를 고민해야만 한다. 그 고민의 끝에서 보여 준 작품은 분명 좋은 작품으로 남을 것이다.

※ 참고문헌

김춘수, 『시의 이해와 작법』, 자유지성사, 2003(개정판).
박종석, 『한국현대시의 탐색』, 역락, 2001.
박철화, 『우리 문학에 대한 질문』, 생각의 나무, 2002.
이경철, 「가버린 순수 시인과 순수성의 확보」, ≪문예중앙≫(가을호), 1997.
이명원, 「기교와 절망의 음화 ― 표절 / 패스티쉬 논쟁의 이면」, 『파문』, 새
        움, 2003.
이상섭, 『문학연구방법론』, 탐구당, 2003.
조동일, 『한국문학통사』, 지식산업사, 2005(제4판).
최동호 편역, 『시의 해석』, 새문사, 1985.

참고문헌

▶ **국내**

강준만, 『한국문학의 위선과 기만』, 개마고원, 2001.
강준만·권성우 공저, 『문학권력』, 개마고원, 2001.
강희근, 『경남문학의 흐름』, 보고사, 2001.
구인환, 「신비평의 양상」, 『한국 문학과 그 양상과 지표』, 삼영사, 1978.
구자희, 『한국 현대 생태담론과 이론 연구』, 새미, 2004.
국어국문학회, 『국어국문학과 구미이론』, 지식산업사, 1989.
권영민, 『한국현대문학대계(시 : 1910~1945)』, 민음사, 1994.
_____, 『한국현대문학대계(시 : 1945~1990)』, 민음사, 1994.
_____, 『한국현대문학사(1945~1990)』, 민음사, 1993.
김경용, 『기호학이란 무엇인가』, 민음사, 1994.
김　영, 『황석영 이문열 소설 비교 연구』, 부산대학교 박사학위 논문, 2005.
김영호 외, 『문학과 종교의 만남』, 동인, 1995.
김용권, 「뉴 크리티시즘」, ≪문학예술≫, 1967, 4~6.
_____, 「뉴 크리티시즘과 한국비평문학」, ≪자유문학≫, 1960. 10.
김용민, 『생태문학』, 책세상, 2003.
김용직, 『한국현대시사』(1·2), 한국문연, 1996.
김욱동, 『생태학적 상상력』, 나무심는사람, 2003.

______, 『수사학이란 무엇인가』, 민음사, 2002.

김윤식, 『한국현대문학사』, 일지사, 1994.

김창원, 「시텍스트 해석 모형의 작용 양상」, 『시교육과 텍스트 해석』, 서울
　　　대학교출판부, 1995.

김춘수, 『시의 이해와 작법』, 자유지성사, 2003(개정판).

김치수, 「구조주의와 문학연구」, 『구조주의』, 고려원, 1984.

김학동, 「5. 정감의 시세계와 전환적 의미」, 『김기림 평전』, 새문사, 2001.

김해옥, 『생태문학론』, 새미, 2005.

김　현, 「술 취한 거지의 시학 ― 정현종의 문학적 거리」, 『분석과 해석』,
　　　문학과 지성사, 1985.

김　현 / 김윤식, 『한국문학사』, 민음사, 1973.

김형효, 구조주의의 사유체계와 사상, 인간사랑, 1990.

동국대 한국문학연구소 편, 『한국 문학 지도』 상 / 하, 계몽사, 1996.

문덕수, 『시 쓰는 법』, 동원출판사, 1983.

문학과 비평연구회, 『한국 문학 권력의 계보』, 한국출판마케팅연구소, 2004.

박영순, 『한국어은유연구』, 고려대출판부, 2000.

박정희, 「사람이 풍경으로 피어날 때처럼 행복한 때는 없다 ― 자연, 친화
　　　적 교감의 세계」, 『사람이 풍경으로 피어날 때』, 문학동네, 1999.

박종석, 『비평과 삶의 감각』, 역락, 2004.

______, 『작가연구방법론』, 역락, 2002.

______, 『작가연구방법론』(수정판), 역락, 2005.

______, 「고전시론과 현대시론의 한 접점 연구」, ≪한국시학연구≫, 한국시
　　　학회, 1998.

______, 『한국현대시의 탐색』, 역락, 2001.

박종철, 「시 해석을 위한 언어기호학적 접근」, 『한국문학과 기호학』, 문학
　　　과 비평사, 1988.

박이도, 『한국현대시와 기독교』, 예전사, 1983.

박철화, 『우리 문학에 대한 질문』, 생각의 나무, 2002.

박철희 · 김시태 편, 『문예비평론』, 문학과 비평사, 1988.

박태일, 『한국지역문학의 논리』, 청동거울, 2004.

백 철, 「뉴 크리티시즘에 대하여」, ≪문학예술≫, 1956, 11.

______, 「클리언스 브룩스─ 비평정신의 모색」, ≪사상계≫, 1957. 11.

______, 「I. A. 리챠즈와의 문학대화」, ≪사상계≫, 1958. 5.

______, 「뉴크리티시즘의 제문제」, ≪사상계≫, 1958. 11.

______, 「뉴 크리티시즘의 행방」, ≪세대≫, 1966. 2.

서정주 외,『시와 시인의 말』, 창우사, 1986.

송용구,『생태시와 저항의식』, 다운샘, 2001.

송 욱,『님의 침묵 ─ 전편해설』, 과학사, 1974.

신덕룡, 「생명시의 성격과 시적 상상력」,『생명시학의 전제』, 소명출판, 2002.

______,『생명시학의 전제』, 소명출판, 2002.

오세영,『한국현대시 분석적 읽기 ─ 백석·「수라(修羅)」』, 고려대학교 출판부, 1998.

______, 「현대시 연구에 대한 성찰」, ≪시와 시학≫, 2002, 가을호.

오정국, 「사건의 재구술」,『시의 탄생, 설화의 재생』, 청동거울, 2002.

오탁번, 「잠지」,『벙어리장갑』, 문학사상사, 2002.

우찬제,『생태문제와 인문학적 상상력』, 나남출판, 1999.

유성호, 「서정적 인간 회복을 위한 역설적 꿈」,『봄은 전쟁처럼』, 세계사, 2004.

유종호, 「해학의 친화력」,『한 꽃송이』, 문학과 지성사, 1992.

이강언·조두섭,『대구경북근대문인연구』, 태학사, 1999.

이경철, 「가버린 순수 시인과 순수성의 확보」, ≪문예중앙≫, 1997, 가을호.

이기철, 「10. 이승훈의 <詩論>의 시각」,『시학』, 일지사, 1985.

이명원,『파문』, 새움, 2003.

이상섭,『뉴 크리티시즘』, 민음사, 1990.

______,『문학연구방법론』, 탐구당, 2003.

______,『언어와 상상』, 문학과 지성사, 1991.

______,『자세히 읽기로서의 비평』, 문학과 지성사, 1988.

이숭원, 「박목월 시와 비애의 정서」,『한국현대시감상론』, 집문당, 1996.

이승훈,『한국시의 구조분석』, 종로서적, 1987.

이은정, 「한국 근현대 베스트셀러 문학에 나타난 독서의 사회사」, ≪한국
　　　시학연구≫(13호), 2005.
이정민 외, 『언어과학이란 무엇인가』, 문학과 지성사, 1991.
이현호, 『한국 현대시의 담화·화용론적 연구』, 한국문학사, 1993.
이호철, 「개개인의 굴레, 기성 문단이 권위를 깨고 나오는 문학」, 『우리교
　　　육』, 2004.
＿＿＿, 『이호철의 쓴소리』, 우리교육, 2004.
임원식, 『신춘문예의 문단사적 연구』, 국학자료원, 2003.
정종진, 『한국 현대 문학의 성 묘사 전략』, 우리 문학사, 1990.
＿＿＿, 『한국 현대시의 이론』, 태학사, 1994.
정현종, 「시란 무엇인가」, 『정현종－깊이 읽기』, 문학과 지성사, 1999.
정효구, 「좋은 풍경을 보여 드립니다」, 『시 읽는 기쁨』, 작가정신, 2001.
조동일, 「국문학연구와 인접학문의 관계」, 『국문학연구의 방향과 과제』, 새
　　　문사, 1989(3쇄).
＿＿＿, 『지방문학사』, 지식산업사, 2004.
＿＿＿, 『한국문학통사』, 지식산업사, 2005(제4판).
조신권, 『한국 문학과 기독교』, 연세대출판부, 1983.
조용훈, 『시가 그렇게 왔다』, 새문사, 2002.
최동호 편역, 『시의 해석』, 새문사, 1985(재판).
하상일, 「전후비평의 타자화와 폐쇄적 권력지향성」, 『한국문학권력의 계
　　　보』, 한국출판마케팅연구소, 2004.
함형수, 「해바라기 碑銘」, 『우리 시의 이해』, 한길사, 1986.
홍재성, 「소쉬르 언어학의 몇 가지 개념」, 『언어과학이란 무엇인가』, 문학
　　　과 지성사, 1991.

▶ **국외**

다이안 맥도웰, 이상훈 역, 『담론이란 무엇인가』, 한울, 1992.
로만 야콥슨, 신문수 편역, 『문학 속의 언어학』, 문학과 지성사, 1989.

멀치아 엘리아데, 이동하 역, 『성과 속: 종교의 본질』, 학민사, 1993(2판 1쇄).
브룩스, 이영걸 역, 『숨은 신』, 명문당, 1994.
＿＿＿, 이경수 역, 『잘 빚어진 항아리』, 홍성사, 1983.
유리 로트만, 유재천 역, 『시 텍스트의 분석』, 가나, 1987.
쟝 삐아제 외, 김태수 편, 『구조주의의 이론』, 인간사랑, 1990.
캐롤 샌더스, 김현권, 목정수 역, 『소쉬르의 일반언어학 강의』, 한불문화출
　　　판, 1992.
테렌스 · 호옥스 지음, 오원교 역, 신아사, 1988.
C. K. Ogden / I. A. Richards, 김봉주 역, 『의미의 의미』, 한신문화사, 1986.
D. H 로렌스, 김병철 역, 『性과 문학』, 일한도서, 1966.
F. de. 소쉬르, 최승언 역, 『일반언어학 강의』, 민음사, 1992.
Grant Webster, 정태진 역, 『뉴 크리티시즘— 신비평의 이론과 실제』, 원광
　　　대학교 출판부, 1989.
J. G. Frazer, 장병길 역, 『황금가지』(I · II), 삼성출판사, 1993.
M. 마렌 그리제바하, 장영태 역, 『문학연구의 방법론』, 기린원, 1989.

찾아보기

ㄱ

█ 저 자 소 개

박 종 석

경남 산청 출생. 동아대학교 국어국문학과 및 동 대학원 졸업. 문학박사.
동아대, 울산대 강사.

▶ **저 서**

『송욱문학연구』(2000), 『송욱평전』(2000), 『한국 현대시의 탐색』(2001)

『작가 연구 방법론』(2002, 2003년도 문화관광부 추천 – 우수학술도서)

『비평과 삶의 감각』(2004), 『작가 연구 방법론』(수정판, 2005)

▶ **논 문**

「송욱의 『시학평전』 연구」(새미작가론총서 『송욱』 수록)

「고전시론과 현대시론의 한 접점 연구」(창간호 《한국시학연구》 수록)

「김수영의 성시론」(《동남어문론집》 수록)

「윤흥길의 『장마』론」(《작가시대》 수록) 외

▶ **전자우편**

chpark650@hanmail.net

현대시 분석 방법론

인쇄 | 2005년 9월 24일
발행 | 2005년 9월 30일

저자 | 박종석
발행인 | 이대현
편집 | 김보라

발행처 | 도서출판 역락 / 서울 성동구 성수2가 3동 301-80
전화 | 02-3409-2058, 2060
팩시밀리 | 02-3409-2059
이메일 | youkrack@hanmail.net / yk3888@kornet.net
홈페이지 | http://www.youkrack.com
등록 | 1999년 4월 19일 제2-2803호

정가 | 10,000원
ISBN | 89-5556-394-9-93810
파본은 교환해 드립니다.